文春学藝ライブラリー

私のロシア文学

渡辺京二

文藝春秋

私のロシア文学◎目次

第1講　プーシキン『エヴゲーニイ・オネーギン』を読む　9

ロシア文学と私　261

第1講　プーシキン『エヴゲーニイ・オネーギン』を読む

プーシキン、小澤政雄訳『完訳エヴゲーニイ・オネーギン』（群像社、一九九六年）
プーシキン、池田健太郎訳『オネーギン』（岩波文庫、二〇〇六年）

世界の文学にはこんなにすばらしい作品がある!

これから月に一回、みなさんと世界文学を読んでゆくことになりますが、最初にいくつかのことを申しあげておきます。文学というのは今日ほとんど廃れようとしている文化領域です。そんなことはない、毎月の出版物を見たって小説類は沢山出ているじゃないか、と言いたい方もあるかも知れませんが、あれは読み物にすぎません。第一、文章が新聞記者が書くような、日常的な伝達文になってしまっていて、工夫した文学的言語、何らかの意味での美ということを意識した文体がほとんど影をひそめています。文学的教養という点でも同様で、今の人はとにかく本を読んでいない。読むにしたっておふざけのおもしろ本みたいなものばかりで、とくに文学的古典はまったく読まれなくなってしまいました。

これはひとつには時代が変わったということがあります。一九八〇年代から、私たちの文化的環境、社会構造、人間関係が劇的に変化し、重層的な過去が破壊されて、刹那的な刺激のくるめく現在が君臨するような時代相になった。古典に思いを潜めるような生のありようは忘れ去られてしまったのです。人類の文化的遺産、とくに一九世紀の偉大なそれを目の仇にして撃滅しようとしたポストモダニズムが、そういった動向に輪をかけたのはいうまでもありません。

ですから、いまさら世界文学の古典を読もうというのは時代に逆行したはかない足掻きのように思えます。でも私は一九世紀、二〇世紀の古典的作品をひろく、かつきちんと読んでゆく習慣を絶やさない、むしろ今日の状況からいうと、そういう習慣を新たに作ってゆくことがとても大切だし、そのためのお手伝いをすることが、私の老後の最も意味ある仕事の一つだと思っています。そもそも文学の質の高さは読者層によって左右されるのです。優れた作者が生まれるのは、優れた読者層があってのことです。程度の低い読者しかいない時代にすぐれた作家が生まれるわけがありません。そしてすぐれた読者は、ただ長年にわたる良質な読書によってしか生まれないのです。

私は世界の文学には、こんなにすばらしい作品があるのだということ、少なくともその一端なりとあなたがたに知ってもらいたいと思います。実際、一生かかっても読み尽くせないほどのすぐれた作品がこれまでの人類によって書かれてきています。私自身その全貌に通じているわけではないが、多少の案内はできるはずです。

作品と触れ合うというのは、情報を増やすことでもないし、もの識りになることでもないのですから、世界文学の歴史について系統的に講義するようなことは致しません。行き当たりばったりに、私の好みで色々な作品を紹介してゆくつもりです。作品を読むのは生きた経験をするということですから、そして我々の人生は思わぬ出来事の連続でありますから、何の関連もなく色んな作品と出会うというのは読書の本質的なあり方ではないかと思うのです。

とりあげる作品については、その作者についてなり、時代背景についてなり、あるいは文学史上の位置についてなり、多少の説明は致すつもりです。ですが、そういうことは最小限にとどめて、あくまで作品自体を感受するようにしてゆきたい。文学史的な位置づけとか従来の解釈などは、発見あるいは体験として作品に接する上で、むしろ妨げになる方が多いのです。

今夜は『エヴゲーニイ・オネーギン』を読むわけです。みなさんは岩波文庫版の訳本をお持ちのようですが、私は小澤政雄訳『完訳エヴゲーニイ・オネーギン』（群像社）を用います。これは原作通り改行した韻文訳で、韻文というのは原作の一行と音数をあわせているという意味です。

ロシア文学の創始者、プーシキン

まず作者のアレクサンドル・プーシキンについて、簡単に説明します。ロシアの近代文学は一八世紀の後半に成立しておりますが、フランス古典主義の模倣でありまして、真にロシアらしい特徴をもったロシアの文学はプーシキンをもって始まったとされています。ロシア文学はその後トルストイ、ドストエフスキーという天才を始めとする大作家群を輩出するわけでありますが、プーシキンはそういう輝かしいロシア一九世紀文学の創始者であるばかりでなく、トルストイやドストエフスキーに比肩する天才という評価を、少なくともロシア人は下しているのです。これはロシア人以外の他国人にはちょっとピンとこない評価です。というのは、プーシキンは『スペードの女王』『ベールキン物語』『大尉の娘』といった散文小説を書いていて、これはまぎれもない天才の刻印を捺された作品ではありますが、トルストイやドストエフスキーの圧倒的な傑作に較べると何といっても粒が小さい。小説の範囲でいうなら、ゴーゴリが書いた小説群といい勝負です。

ところがロシア人にとって、プーシキンは何よりもまず詩人なのです。彼が残した抒情詩や譚詩が、英文学におけるシェークスピア、独文学におけるゲーテ、イタリア文学におけるダンテの位置を、ロシア文学において保証しているというのです。ところが詩は一般に翻訳されるとその美しさの大半を喪ってしまいます。プーシキンの場合とくにそうなので、だから、翻訳でプーシキンを読む外国人は彼のえらさがわからないのだとロシア人はいうのです。

エリヤスベルク『ロシヤ文学史』を愛読

エリヤスベルクという人の書いた『ロシヤ文学史』があります。原著は一九二二年に出ていて、昭和一八年つまり日米戦争の真っ只中に訳本が出版されています。ここでちょっと思い出話をさせてもらいますが、私はこの本を昭和二三年の春、ちょうど第五高等学校に入ったばかりの一七歳のときに読みました。熊本中学からいっしょに五高に入った川本雄三君から借りて読んだのです。川本君は日本経済新聞の記者を経て、数年前まで熊本県立劇場の館長をしておりまして、私たちで招いて講演をしてもらったことがありますので、みなさんの中にはそれを聴かれた方もおありでしょう。川本君には兄さんが二人いて、これが二人とも五高の三年生でした。

つまり一番上の兄さんは落第して次の弟と同学年になってしまったのです。三人兄弟がみな同時に五高生という珍しいケースです。エリヤスベルクはたぶん一番上の兄さんの蔵書であったのでしょう。川本君は館長を辞めて東京へ帰ってすぐ亡くなりました。

このエリヤスベルクの本は大変すぐれたものです。私は大連にいた中学二年の頃からロシア文学にはなじんでいて、とくに日本へ引き揚げてきてからは除村吉太郎さんなどの左翼文学系のロシア文学に関する著作も読んでおりましたし、ロシア文学については、ベリンスキー、ドブロリューボフ、チェルヌィシェフスキー、ピーサレフといった人民主義の評論家にいたるまであらまし承知しているつもりだったのですが、この本を読んで初めてチュッチェフという大詩人、レスコフという大作家がいることを知ってびっくりしました。それにこの本には、アレクサンドル・ブローク以下のロシア・ルネサンスの担い手のことも書いてあり、これも私のまったく知らぬことでした。というのはチュッチェフもレスコフも、またブローク、ブリューソフ、ベールイも芸術派の文学者ですから、革命的民主主義者の線でロシア文学を説いている当時のロシア文学者の口からは、そんな名は聞けなかったのです。

エリヤスベルクはむろん川本君に返したのですが、昭和四〇年代に古本屋で見つけ、狂喜して買い求めました。しかし、私は当時貧乏しておりましたので根こそぎ蔵書を売ってしまって、エリヤスベルクもそのとき手放しました。ところがそれから十数年後、また古本屋で見つけて、以来大事に所蔵しているのです。思い出話で大脱線してしまいましたが、この読書会は、私自身の楽しみにすぎませんし、ごく少数の方々にお話しする、いわば私的な集まりでありますから、こんな思い出話もこの先度々することになるかと思います。

ロシア語でなければプーシキンはわからない？

さて、エリヤスベルクはこう言っているのです。「プーシキンは依然としてミュトスである」。ミュトスとはむろん神話でありますが、エリヤスベルクはどうしてかわからんがプーシキンは偉いそうだという評判をミュトスといっているのです。「このミュトスを現実に変ずるには手段は一つしかない。ただプーシキンだけを読むために、赴いてロシア語を習うことだ。その労は十分報いられるであろう」。つまり、ロシア語で読まぬ限り、プーシキンのすごさはわからぬということです。

マーク・スローニムは今日の標準的で、かつまたすぐれたロシア文学史の著者ですが、こういっています。「原語でプーシキンを読むことのできない人びとは、この至高の詩人に対するロシア人の限りない熱狂ぶりにいささか面くらうのが常である。……プーシキンの詩才という要の一点に関するかぎり、英訳、仏訳、独訳を通して決してわかるものではない」。その理由は、プーシキンの詩の特徴は「音・リズム・イメージ・意味」の完璧な合体にあり、それは翻訳不可能だからです。「翻訳されると、プーシキン詩の平明さも自然さも陳腐なものに一変してしまう」。

これは『オネーギン』を読もうとする私たちを意気沮喪させる言葉でありますが、『オネーギン』はなるほど詩であるけれども、作者がサブ・タイトルをつけているように「韻文小説」なのです。ですから、原語による表現の輝かしい響きや美しさがわからないにしても、物語詩の形をとった独特な小説として読むことができ、深い感動を覚えたり、一種の謎をかけられたりすることができます。何よりも物語になっているということによって、プーシキンの訴えを正確に受けとることができるのです。さらに、一行わけした詩独特の表現の面白さも感受することができます。

近代ロシア文語の完成者

作品に入る前に、プーシキンの生涯についてざっと触れておきます。彼は一七九九年に、一応名門ではあるがかなりおちぶれた貴族の子としてモスクワで生まれました。母方の曽祖父はアビシニアの黒人で、奴隷としてピョートル大帝の側近に奉仕し、次第に出世して、のちのエリザヴェータ女帝の時代には将軍になった人物です。両親は子どもにまったく関心がなく、社交生活に没頭して、金もないのに夜会を開いて遊び暮すという人柄でした。ただし父親に文学趣味があり、伯父は一応名を成した詩人でありましたので、家には当時一流の文学者たちが出入りしておりました。プーシキンは幼少から彼らの会話を聞いて育ったのです。

当時のロシア貴族の家庭では、フランス語が常用されておりました。前世紀つまり一八世紀には、彼らはフランス語で会話するだけでなく、ものを考えるのもフランス語によってであったといわれているほどです。もちろん、ロシア語は知っているのですが、それは下男や下女にものをいいつける程度のロシア語で、高尚なこと知的なことはフランス語に頼る。召使がいる前ではロシア語を使わずにフランス語で話す。ですから文語のロシア語はかたくるしい教会ロシア語しかない。そういう状況の中で、一八世紀の後半からプーシキンの先輩の詩人たちが、ロシア語による文学的表現への道を開き、それを受けてプーシキンが近代ロシア文語を完成させるのです。それには母方の祖母と乳母アリーナの存在が大きかった。祖母は当時珍しく大変美しいロシア語を話したといわれますが、特に重要な役割を果したのが乳母アリーナで、彼女は様々なお伽話、伝説、ことわざを幼少のプーシキンの耳に吹き込んだ。プーシキンのロシア的想像力はそれによって培われたのですし、また彼女の用いる農民的な生き生きとしたロシア語が、プーシキンによって洗練されて、近代ロシア文学の言葉となったのです。

「ロシア文学の希望」

当時のツァーリはアレクサンドル一世であります。彼はラ・アルプというフランス人の家庭教師によって啓蒙思想を吹きこまれ、若い頃は改革精神に燃えていたのですが、次第に反動化していったといわれています。しかし、貴族の子弟のために学校を開設したのは、やはり若い頃の志向が残っていたせいではないでしょうか。日本でいうと学習院みたいなものですが、このリツェイという学校の一期生にプーシキンはなるのです。リツェイ時代のプーシキンはいたずら好きで反抗的、教師の評判も大変悪かったのですが、早くから詩才を発揮しました。当時の大詩人デルジャーヴィンがリツェイを訪問したとき、プーシキンは『ツァールスコエ・セローの思い出』という詩を朗読した。ツァールスコエ・セロー（皇帝村）はリツェイのあるところで、つまりリツェイの思い出ということです。デルジャーヴィンは感激して、プーシキンを抱擁しようとしたと伝えられます。また当時、ロマン派の詩人として名高いジュコーフスキーも、「あの男はわがロシア文学の希望だ」と語っています。すなわちプーシキンは、十代において詩人として名を成したのです。ナポレオンのロシア遠征は一八一二年でありますが、当時プーシキンはまだリツェイの生徒であって、戦さの帰趨に一喜一憂していたことも記憶にとどめておいてください。

リツェイを卒業したプーシキンは、外務省に形ばかりの役職を得るのですが、当時のペテルブルグの青年貴族の習いとして、勤務はほったらかして、女出入り、飲酒、賭博、決闘に明け暮れる放恣な青春を送り始めます。ことに女性に関しては、出会った美女にはすべて恋しなければならぬ義務を感じていたといってよいほどでした。だが詩の制作は続けられ、それは次第にツァーリズム批判の色を帯びてまいります。というのは、プーシキンがつき合っていた近衛連隊の将校には、おくれたロシアの社会体制をどうにかしなければならぬという自覚があった。これは敗走するナポレオンを追いつめてロシア軍がパリに入城したさい、フランス革命を経たパリの先進的な思想、文化に青年たちがショックを受けたからで、この自覚はやがてデカブリストの反乱につながってゆきます。プーシキンはリツェイ時代から彼らとつき合っていたそうですが、彼の反ツァーリズム的な詩はやがて革新的な将校の間にひろまり、愛唱されるようになるのです。

アレクサンドル一世は早くからこの詩人の危険性に気づいていたようですが、とうとうたまりかねて彼を南ロシアへ放逐してしまいます。最初にルーマニアとの国境ベッサラビヤ、あとではクリミヤ。その間コーカサスにも旅をしています。女出入り、賭博、決闘といった行状はいささかも改まりませんが、すぐれた物語詩を数々書いております。当時彼はバイロンの影響を深く受けています。バイロンはご承知のように、『チャイルド・ハロルドの遍歴』によってヨーロッパ中に名声を博したのですが、彼の強烈な自我崇拝と社会的因襲への軽蔑は一時的にプーシキンを捉えはしたものの、やがてプーシキンはバイロンの狭い自己愛の世界から抜け出してゆきます。というのは、プーシキンの特質は他者への共感、あらゆるものになり替わることのできる軽やかさにあったからです。

プーシキンは南方への追放を許されたあとも、今度は我が家の領地であるミハイロフスコエ村に蟄居を命じられました。これはバルト三国の一番北のエストニアの国境に近いところにある村です。ここで彼は隣村の地主屋敷に出入りするようになりまして、そこの二人娘の姉の方のアンナにちょっかいを出して惚れたふりをする。もちろん本気ではありませんが、アンナの方は熱烈に燃えあがってしまう。アンナはプーシキンに素気なくされたのち、一生独身を通すのです。お気づきでしょう。これが『エヴゲーニイ・オネーギン』の一種の変奏曲であることに。このミハイロフスコエ蟄居時代にデカブリストの乱が起こるのです。

秘密結社が起こしたデカブリストの反乱

アレクサンドル一世は一八二五年に死んで、弟のニコライ一世があとを継ぐのですが、このとき革新的な将校の一団が立憲政治を要求して蜂起します。これをデカブリストの反乱といいますが、デカブリというのはロシア語で一二月の意味なのです。反乱が十二月に起こりましたので、デカブリストの乱というのですが、デカブリストは日本では十二月党員と訳されます。しかし、そんな名の党があったわけではない。南方と北方で、立憲政治体制を樹立しようとする将校たちの秘密結社が作られていて、反乱はこの結社によって起こされました。その中にはプーシキンの親友や知人が沢山おりました。南方結社の首領はペステリといって、プーシキンは南露追放時代に彼とも会っております。彼の父親はシベリア総督時代独裁を恣にした人物で、その男のことは拙著『黒船前夜』に書いておきました。

プーシキンはどうも結社が作られているらしいと悟って、何とかして自分も加入しようとするのですが、既に結社に入っている彼の友人たちは、彼の放恣きわまる生き方に危惧を抱いて、ついに秘密を明かしませんでした。一説によると、プーシキンの詩才を惜しんで、一命を失うおそれのある結社に誘わなかったともいわれます。とにかく、プーシキンはペテルブルグにいなかったために反乱に巻きこまれずにすみました。反乱は失敗に終わって、五名が死刑、百名余りがシベリア流刑に処せられました。ことごとくロシア貴族の華とうたわれた青年たちで、その中にプーシキンの友人が多数いたことはいうまでもありません。彼らの妻も夫について行きました。プーシキンが南方時代に親しかったラーエフスキー家の三女マリアも夫のヴォルコンスキー公爵についてシベリアへ行きました。彼女らのことはのちにネクラーソフが『デカブリストの妻』でうたいあげることになります。プーシキンはこのあと、ニコライ一世に当時ペテルブルグにいたらどうしていたかと訊かれ、「彼らとともに在ったでしょう」と答えています。

絶世の美女、ナタリヤ

プーシキンは許されてペテルブルグで暮すことになりますが、ニコライ一世から今後は自分が汝の検閲官になろう、一切の作品はまず自分に提出せよと命じられて、甚だ不自由なことになりました。やがてプーシキンはナタリヤという絶世の美女と結婚するのですが、ニコライはナタリヤに思し召しがあって、彼女が宮中の舞踏会に出席できるようにするために、プーシキンに少年侍従という宮廷職をあてがいました。これは文字通り二〇歳前後の若者が勤める役で、プーシキンにとって屈辱以外の何物でもありません。しかし彼は屈辱や煩わしさにたえて、最後の傑作群を生み出してゆくのです。

ナタリヤはプーシキンよりずっと歳下で、夫の文業にはまったく理解がありません。男たちにチヤホヤされるのが嬉しくて、舞踏会から舞踏会へと遊び廻っていたことも事実です。とにかくペテルブルグ随一の美女とうたわれ、その美貌は皆さんにお配りした肖像画のコピーでもおわかりだと思います。人妻だからといって男が放っておくはずはないので、人妻との艶聞はこの時代、ありきたりの出来事だったのです。プーシキン自身、これまでずっと人妻を追い廻して来ました。ナタリヤにつきまとう男の一人にジョルジュ・ダンテスという近衛将校がおりました。フランス人ですが、一八三〇年に七月革命が起こり、ナポレオン没落後復辟していたブルボン朝が崩壊した際、王党派の彼は伝手を頼ってロシアへやってきたのです。ダンテスに対してナタリヤも満更ではなくて、やがて二人の間は世間の噂にのぼるようになり、プーシキンのもとに密告めいた手紙まで届けられるに至りました。いろいろと経緯はありましたが結局決闘ということになり、一八三七年プーシキンは腹部を撃たれて死んだのです。

プーシキンは若いときから、数々決闘をやって来て、その際はつねに冷静だったそうです。あるときは、ピストルを構える相手の前で、帽子に入れたサクランボをムシャムシャやっていて、相手が発砲すると「気がすんだかい」と言って自分は撃たなかったと伝えられています。しかし、プーシキンはもう若くはありません。血の騒ぎやすい気質からいって、やむをえない仕儀だったかもしれませんが、何とも残念なことをしたものです。まだ三七歳ですよ。生きてさえいれば、このあとどんな傑作が書かれたことでしょう。

漁色家の「ふさぎ虫」

前置きがながくなりましたが、『オネーギン』に入ります。これは一八二三年から三一年にかけて書かれました。ただしオネーギンの手紙の部分だけは翌年に書かれています。オネーギンの物語ではありますが、随所に作者自身が顔を出し、自分の思い出や所感を交えるという奔放な語りになっています。作中、オネーギンはプーシキンの知り合いという趣向なのです。しかし、このプーシキン自身の述懐は一応無視して、純粋にオネーギンの物語として読んでみたいと思います。

物語はオネーギンが馬車に揺られて、叔父の領地へ向かうところから始まります。彼は叔父の遺産の相続人に指定されていて、その叔父がいまや危篤なものですから、最期を看取るべく馬車の旅をしているのです。この冒頭のシーンのあと、オネーギンの生い立ちと、ペテルブルグでの蕩児生活が述べられていて、オネーギンとはどういう男かという素描がまず読者に与えられます。これが第一章です。

ペテルブルグの貴族の生まれで、フランス人の家庭教師に育てられたというのは型通りで、父はまじめな官吏だが、借金で暮しをたてていたとあって、まずはあまり裕福でない貴族の子弟といってよいでしょう。社交界にでてからは教養もありダンスも上手、髪は流行のイギリス風に刈りあげ、化粧室にはブラシを三〇も備えるというおしゃれ振り。談話も気が利いているが、議論には深入りせず、「訳知り顔で沈黙まもり／思いがけない烈火の警句で／ご婦人がたの微笑を誘う／妙才の持主」と述べられています。劇場から茶会へ舞踏会へと廻る毎日です。

しかし、「彼の真の天賦の在するところ」は「色好みの道」だったと作者は書いている。恋の手管を心得ていて、「札つきのコケットの／胸さわがせる凄腕」を持っていたというのです。つまり、恋に没頭することのない冷静な漁色家だったわけです。だが、この社交界のかっこうのいい寵児が「輝かしい恋の勝利を手に収め／日ごと日ごとの快楽に耽りつつ」果たして幸福だったのかと作者は問うてこう歌うのです。「否。早くも彼の感情は冷め果てた／社交界の空騒ぎにも退屈しきった／美人も長くつね日ごろ思いを寄せる／相手とはならなくなった／浮気沙汰にも嫌気がさした／友人も友情も飽きてしまった」。

「イギリス風の不機嫌」が彼にとりついたと作者はいいます。これはまさに、誇り高い感情が周りの俗人を軽蔑するというバイロニズムのお定まりですが、一方作者は「ロシア語でいうふさぎの虫」がとりついたともいっている。この「ふさぎの虫」つまりトスカは、人生の意味を問うてやまないロシア文学の諸人物の特徴なのでして、イギリスかぶれあるいはフランスかぶれの通人オネーギンが、心の底ではロシア人らしい野暮な真面目さを匿し持っていたことの証拠でありましょう。つまりオネーギンは根底のない浮薄な恰好よがりであり、半端な教養しか持たぬ浅薄な知識人であるのですが、けっしてそれだけではない人間として第一章から提示されているのです。だからこそ作者は「ぼくの気に入っていたのは彼の顔立ち／いつとは知らず空想に耽る癖／ひととは一風変わったところ／犀利な、冷めた頭脳であった」と歌うのです。

オネーギンとプーシキンのちがい

オネーギンは家に籠って物を書こうとするのですが、根気のいる仕事に嫌気がさして、「なにひとつ／彼の筆から生まれてこない」のです。これは注目すべきオネーギンの性格づけです。つまりこの点で、彼は作者プーシキンと違うのです。もともとオネーギンは詩のわからぬ人間だったとプーシキンがいうのも注目すべきです。その代わりアダム・スミスを読んでいて、なかなかの経済学者だったというのです。プーシキンは彼を第二のチャーダーエフと呼んでいます。チャーダーエフはプーシキンの五歳年長で、大層おしゃれであったところから、プーシキンがそう呼んだのだと注釈にありますが、彼は『哲学書簡』という著書をあらわして、ニコライ一世から狂人として生涯執筆を禁じられた人物でもあったのです。これはルネサンスをついにもたなかった後進国ロシアは、自国のうちに何ら発展の可能性を持たず、もしもその状態から逃れたいのなら西欧の先進的な文明をひたすらとり入れるしかないと説いて、いわゆる西欧派の先駆となった著作です。

オネーギンの父が死んで、借金取りが押しかけ、遺産は全部とられてしまったそのとき、ちょうど都合よく伯父が死んで、彼はその遺産を受領することになります。

そこで村で暮すことになるのですが、やって来て「三日目はもうそれ以上、林も丘も／野ももはや彼の興味をそそらなかった／それからはもう眠気の種となるばかり」でした。これも彼とプーシキンの違いで、プーシキンはロシアの田園の風物を熱愛した人でした。さすれば「ぼくはつねづねオネーギンとぼくの間の／違いに気づいて喜んでいる」とプーシキンが歌ったのは当然でしょう。

純情詩人のレンスキー

第二章ではオネーギンの村での暮らし振りがまず述べられています。ここで注意をひくのは、彼が「旧来の賦役のくびきを／負担の軽い年貢に替えた」ことです。つまり彼は人道主義者であり、進歩主義者なのです。しかし、農民生活へのそれ以上の関心は彼にはありません。つまり彼は開明的自由主義者のポーズというか、建前を示せばそれで気がすんだので、それ以上農民生活の内実に理解を深めてゆくつもりはないのです。第二章の眼目は、ウラジーミル・レンスキーという隣村の若い地主の出現です。ドイツのゲッチンゲン大学で学んだ「カント崇拝の詩人」で、まだ一八歳になるかならぬかでした。ちなみにこのときオネーギンはいくつかというと、のちにタチャーナとペテルブルグの夜会で再会したときに二六歳とありますから、おそらく二二、三歳だったと思われます。早くも人生に倦み、老成の面影を宿したオネーギンがそんな若者だとは意外ですし、レンスキーが一八というのも若すぎる気がしますが、当時の貴族の若者は今よりずっと早く大人になったのです。レンスキーはまだ若いだけあって、理想に夢を燃やす純情な詩人です。

二人はすぐに親しくなります。「詩と散文、氷と焔」のように違う二人ですが、「このように人々は／所在なさから友となるもの」なのです。オネーギンにはレンスキーが「何もかも珍しかった」のです。彼からすれば、レンスキーの理想にうかされた言葉に冷水を浴びせたくなるのですが、そこは我慢して彼の話に耳を傾けてやる。「彼のひと時の幸福を／妨げるのは愚かなことだ」、そのうち、夢が醒めるときがきっと来る、それまで「世界の完全さを信じさせておくがよい」とオネーギンは考える。つまり彼はこの若者の純情さに愛情をおぼえたのです。

オネーギンはレンスキーの打ち明け話から、彼が近隣の地主ラーリン家の次女オリガに恋をしていることを知ります。オリガとは幼い頃からの知りあいで、オリガの父はレンスキー少年をオリガの将来の夫ときめていたそうで、現にレンスキーはオリガと婚約しているのです。ここでプーシキンが乗り出して、さっさとオリガとその姉タチャーナの紹介を始めます。オネーギンはまだこの二人に会ってもいないのです。作者はまずオリガを愛らしい少女として紹介しますが、どんな小説にも彼女の似姿は見つかると軽く突き放して、姉のタチャーナのことを延々と述べ始めます。つまりプーシキンは早くタチャーナについて喋りたくてたまらないのです。無理もありません。彼はたくさんの魅力的な女性像を創造しましたが、何といってもタチャーナは彼の至高の創造物だからです。

プーシキンの至高の創造物、タチャーナ

作者はタチャーナという名前について「この名前には、昔の、または／下女部屋の思い出がつきまとっている」といいます。当時女性の名前は貴族と農民では明白な区別があって、タチャーナというのは基本的に農民の女の名前なのだそうです。だとするとプーシキンの意図は明白で、タチャーナは貴族の家に間違えて生まれてしまった農民の娘なのです。それに対してオリガは典型的な貴族の女性の名前です。

プーシキンはタチャーナに、農民の伝統的な生活習慣や思考との明白なつながりを与えています。それは乳母フィリピエヴナの影響なのですが、彼女は「庶民の遠いむかしむかしの／もろもろの言い伝え」や夢やカルタ占い、月の予言も信じていたし、物象から神秘なきざしを受け取って不安になるような娘で、プーシキンは彼女を「根ッからのロシヤ人」と呼んでいます。この乳母がプーシキン自身の乳母アリーナの面影を宿しているのは言うまでもありません。

「彼女は人目を惹くほどの／妹の器量のよさも／ばら色の冴え冴えとした色艶もなく／人に馴染まず、陰気で、無口で／森に棲む牝鹿のように驚きやすく／実の家庭にありながら／貰われて来た娘のよう／父にも生みの母にさえ／甘えることを知らなかった」。これが作者がタチャーナに与えた基本的性格です。子ども仲間と遊ぶのも好きではなく、人形を手にしたこともない。冬の夜の暗闇の中で乳母が語るおそろしい話のほうに魅せられるような少女だったのです。客が来るとオリガは愛想よくかわいらしく出迎えますが、タチャーナは黙って窓際へ行って座るのです。

ところがこの無口でおとなしい娘は、リチャードソンとルソーの熱烈な読者だったのです。リチャードソンは一八世紀の四〇年代から五〇年代にかけて『パミラ』、『クラリッサ・ハーロー』などの感傷的な小説で一世を風靡した英国の作家です。

ルソーの小説とは『新エロイーズ』を指しています。いずれも一七世紀から一八世紀前半の理性の支配を脱して、感情こそ至高とする方向へ梶を切った作品で、文学史上は前期ロマン主義と位置づけられています。タチャーナに即していうと、これらが熱烈な恋愛小説であり、心情を吐露する書簡体小説であったことが重要です。

実はタチャーナの母親プラスコーヴィヤが若い頃、リチャードソンにかぶれていたのです。といって彼の本を読んだわけではなく、モスクワに住んでいた娘時代、従妹のエレーナ公爵令嬢がリチャードソンの小説の人物を繰り返し話してくれたからだと作者は言っています。ダンディな恋人もいたのですが、むりやり今の夫と結婚させられ、夫の村へ連れて行かれた。最初は泣きあかしていたけれど、そのうち夫を尻に敷くことをおぼえ、家事と領地の管理にうちこむみごとな田舎地主夫人に変身してしまいました。夫はのん気な人で、すべて夫人任せで幸せだったのです。このラーリン夫人プラスコーヴィヤの変身の描写は実に鮮やかで、同時代の英国の女流作家、ジェーン・オースティンを読むような気がします。しかし、ラーリン夫妻は「昔なつかしい風習」を守り続けるような「平和な暮らし」を送っていたのでして、このこともタチャーナの育ち方を知る上で重要です。

読書する女

ここでちょっと脱線して、ロートマンの説を紹介しておきましょう。ロートマンというのはソビエト記号学派の大家で、一九九三年に亡くなった人ですが、大著『ロシア貴族』で、ロシア貴族女性の中に、一七七〇年代から九〇年代にかけて読書の習慣を身につけ、自分の蔵書を持つものが現れたといっています。そして、読書する女が読書する子どもを作った、女性の本棚が子どもの読書範囲を決定したともいっています。ラーリン夫人はリチャードソンの本を読んだわけではないようですが、彼やルソーの本をいくつか持っていたのではないでしょうか。じゃないと、タチャーナがどこからそれを手に入れて読んだのか不可解になります。タチャーナがリチャードソンや『ヌーヴェル・エロイーズ』を読むような娘でなければ、オネーギンとの出会いの意味はまったく異なったものであったでしょう。

第三章はオネーギンがレンスキーに誘われて、初めてラーリン家を訪問するところから始まります。オネーギンは姉妹を見ると、「どっちがタチャーナ？」と尋ねます。「憂鬱そうで、口数が少なくて、入って来るなり窓際に座った方さ」とレンスキーが答えると、オネーギンは自分だったらタチャーナの方を選ぶ、「オリガの容貌には生気がない」というのです。ここが女に関しては百戦錬磨のオネーギンの凄いところで、オリガは単に愛らしく明朗な小娘にすぎないが、タチャーナには何かあると一発で見破ったのです。ただし、それだけのことにすぎません。

一方、タチャーナはオネーギンに深い印象を受けます。そりゃそうでしょう。オネーギンのような屈折した精神、誇り高く世間を軽蔑したような男は、いまだかつて彼女の視圏内に現れたことがなかったのですから。タチャーナはリチャードソンやルソーだけでなく、『ウェルテル』も、スタール夫人の『デルフィーヌ』も読んでいたのです。そして「誰とも知れぬある人」を待っていたのです。彼女は「この人だ」と直感したとプーシキンは書いています。彼女の感情はまたたく間に激しい恋に高まってしまいます。つまりこの田舎令嬢は、ペテルブルグの社交界の女たちのような手練手管とまったく無縁で、恋するとなったらただ真情があるばかりで命懸けなのです。

それはよいとして、タチャーナはあまりにロマンティックな感傷小説を読みすぎたために、文学を現実ととり違えて、見かけ倒しで内実は空虚なオネーギンを、真率で誠実かつ高貴な魂の持ち主と見誤ったのでしょうか。それとも彼女は彼の中に愛すべき魂を正しく見通していたのでしょうか。これはこの物語を読解する上で、重要な問いですが、いましばらく預かっておきます。

タチャーナはとうとうオネーギンに恋文を書いてしまいます。これが一見おとなしげで引込み思案のようなこの娘の凄いところで、当時は女は男の申込みを受け入れるもの、自分から恋心を打ち明けるのははすっぱ女という通念があるのですから、タチャーナは思い切ったことをやる娘ということになります。つまりこの娘は決断と行動の人なのです。自分というものをしっかり持っていて、自分という船の梶を自分で握っているのです。この手紙がフランス語で書かれたという点も注意をひきます。この田舎令嬢も精神の機微を語るようなロシア語の文体も語彙も持たなかったのです。ただし、作品中はこの手紙はロシア語に訳したということになっています。切々たる手紙の中で、タチャーナは「貴方は誰、わたしの守護天使?/それともずるい誘惑者?」と問いかけています。さて、どっちなのでしょう。私はオネーギンがそのどちらでもなかったことが、タチャーナの悲劇だったように思うのですけれど。

待てど暮せど返事は来ない。タチャーナは身も世もありません。しかしそのうちレンスキーが訪ねて来て、オネーギンが今日来るという。夕方になって馬蹄の響き、タチャーナは「あっ」と叫んで庭にとび出し、走りに走ってやっと小川のほとりのベンチに倒れこみます。やがて気持ちをとり直して並木道まで来ると「エヴゲーニイが立っていた、物凄い幻を見るように」。第三章はここで終わります。

オネーギンの「説教」

第四章の読みどころはオネーギンのタチャーナに対する説教です。作者はオネーギンがタチャーナの手紙に感動したと書いています。「可憐なタチャーナの／蒼白い色艶や沈んだ姿を思い起こし」て、「甘美な無垢な夢に浸った」とさえ書いています。つまり、タチャーナの恋人になった自分を想像して、あまやかな思いに包まれたのです。「だが彼は純潔な魂の／信じやすさを欺こうとはしなかった」。こんな純潔な娘の恋人に収まることのできる自分ではないと反省したのです。

オネーギンはまず彼女の手紙を尊いものに思い、「とうに鎮まっていた感情」、すなわち愛恋の感情を波立たせてくれたと正直に告げます。だから自分も誠実に対応せねばならない。それは「懺悔」であって、どうかそれを聞いて裁いてくれというのです。彼の「懺悔」の要点は、自分は家庭を作れる人間ではないという点にあります。もしも自分が家庭の幸福を願う人間なら、あなたを措いてほかに結婚の相手を求めません。しかしぼくの魂は家庭の幸福に向いていません。どんなに女を愛していても馴れれば愛も冷めます。もし結婚すればあなたは涙を流し、その涙はぼくをいら立たせるでしょう。家庭ほど悪いものはないとぼくは考える人間なのです。そういう人間にあなたは自分の運命を預けようと考えるはずはありません。以上がオネーギンの「懺悔」です。そして自分はあなたを兄妹のように、あるいはもっと優しい心で愛していると言って、説教になるのです。若い女は次々と夢を追うけれど、自制のすべを学ばねばならぬ。誰でも自分のようにあなたを理解するとは限らない(すなわち、相手が自分だからよかったので、もっとひどい奴だったらあなたは危ない目に会ったはずだ)。「世間知らずはとかく不幸のもとですよ」。

ごらんのように、オネーギンはタチャーナに対して可能な限り誠実に対応したのです。都会の軽薄才子が田舎令嬢のうぶな恋を馬鹿にしたのではけっしてありません。ただ最後のお説教だけは余計でしたけれど。プーシキンもオネーギンがタチャーナをねんごろに扱い、「こころの真正の気高さを発揮した」と書いているのです。どこがいけなかったのでしょうか。これで終わればオネーギンは立派なものだったのです。

でもタチャーナは深い打撃を受けました。オネーギンが誠実で気高くあればあるほど、実はあなたには恋心を抱けないと彼が言っていることがわかりすぎるほどわかったからです。タチャーナはあとがどうなろうと知りません。ただ狂おしく恋しているだけです。オネーギンだって、もしも恋の狂熱に捉われたのなら、自分は家庭向きの人間じゃないなんて理屈を考え出すはずはない。家庭向きの人間なら迷わずあなたを選んでいただろうなどと言うのは相手を傷つけないためのいたわりにすぎない。自分は激しく恋しているのに、相手の心はまったく動いていない。示されているのはいたわりだけである。つまり彼は守護天使でないのはもちろん、誘惑者でさえないのです。天使であれぬとすれば、誘惑者になってくれた方が、どれほどタチャーナにはよかったことか。誘惑され棄てられたとしても、このときのオネーギンのような言葉を聞かされるよりましだというのが、タチャーナという激しい心を包み匿している娘の思いだったのではないでしょうか。

一方オネーギンとすれば、もう恋には飽き飽きした気分だったのですし、タチャーナという田舎令嬢にある種の魅力を感じていたにせよ、いまさら小娘を相手に恋をする気持ちになれなかったのは、まことに仕方のないことだったのです。このことをもって、彼の浮薄さとか冷淡さの証拠とするのはあまりにも酷な話です。もし彼に罪ありとせば、それはタチャーナのたぐい稀な美質がこのとき見えていなかったという点でしょう。しかし、それを責めるのもこれまた酷な話で、このみごとな蝶はまだ繭の中に籠もっていたのです。いや、彼の本当の罪は、この時彼が陥っていた無感動で空虚な心の状態にあったのです。やがて彼はこの罪に対して支払わねばなりません。

このあと「ああ、タチャーナの色香は萎み／色蒼ざめて消えなんばかり、黙りこくって！／何ごとも彼女の興をかきたてぬ／彼女のこころを揺さぶらぬ」と作者は書いています。一方オネーギンは「隠者のように暮して」おりました。田舎に冬が訪れます。最初申しあげたようにプーシキンの詩としてのすばらしさは翻訳では伝わらないのですが、彼の自然描写の独特さは訳文からも伝わって来ます。たとえば、寄木細工の床より綺麗に氷の張った川で少年たちがスケートをし、「鈍重な鵞鳥は赤い脚を使って／水のおもてを泳ごうと思い立ち／ぬき足さし足、氷を踏んで／滑って転ぶ」というあたりは、日常的な事象を叙情の対象とするプーシキンの特徴がよく表れています。また、これは第五章の一節ですが、初雪を叙して、雑種の黒犬を手橇に乗せて曳いて行く屋敷仕えの少年、それを「指が凍傷にかかるよ」と窓から脅している母親を点綴するのもプーシキンならではの叙景ぶりです。こんな光景を詩に詠みこむ詩人は彼以前にはいなかったのだと思います。

そのうちレンスキーが訪ねて来て、タチャーナの名の日の祝いにオネーギンも来てくれるよう誘ってくれと、オリガと母親から頼まれたと言うので、オネーギンは承知します。名の日というのは、自分の洗礼名と同じ聖人の記念日のことです。レンスキーとオリガとの挙式はもう二週間後に迫っています。オネーギンが承知したのは、あれだけ優しくさとしたのだから、タチャーナももう落ち着いているだろうと考えたのでしょう。まったく娘心がわからないのです（これは私とて同様でありますが）。第四章はここで終わります。

オネーギンの悪魔性

第五章はタチャーナの夢で始まります。夜の闇に包まれた野原を歩いていると、雪溜りの中から熊が現れ、彼女を森の中の小屋へ案内するのです。中をのぞくと、怪物どもが勢揃いしていて、その中にオネーギンがいるのです。しかも彼は一座の主人であるらしい。タチャーナが少しドアを開けてみると、怪物たちが「俺のものだ」と口々に叫びながら跳びかかってきます。その時オネーギンが「俺のものだ」と凄んだ声を出すと、化け物たちはさっと退散、あとにはタチャーナとオネーギンが残されます。オネーギンがタチャーナをベンチに寝かせると、オリガとレンスキーが入って来て、レンスキーとオネーギンの間に口争いが起る。とみるやオネーギンがナイフでレンスキーを刺し、そこで夢が醒めるのです。

この夢の熊とか小川とかには、フォークロア的な含意があるそうですが、大事なのはオネーギンが化け物たちの首領で、しかもタチャーナを「俺のもの」と宣言する点です。レンスキーが刺されるのは予兆であるわけですが、それは余り重要ではない。なぜならこの時点で、タチャーナが二人の間の不和など予感する根拠はないからです。この点で作者は少しやりすぎています。問題はタチャーナがオネーギンに一種の悪魔性を感じていて、それに魅せられているようだということにあります。タチャーナは往々にしてつつしみと良識の権化のように評されることがあるのですが、決してそんなものではありますまい。このオネーギンの悪魔性は、この時点での彼の空虚な放心のまさに対極にあるもので、タチャーナが彼の見せかけの誠実などより、彼の心の底に潜んでいるはずの悪魔的なもの、すなわち烈々たる自由への翹望に心魅かれていたことを示すものだと思われるのです。烈々たる自由への憧れは、当時シラーやバイロンによって、野盗的な反逆として描かれていたのです。

さて、タチャーナの名の日の祝いの当日であります。続々と客が押しかけ、楽隊までやってきます。テーブルについて食事となりますが、自分の席がタチャーナの真向うにしつらえられているのを見て、オネーギンはムッと来ます。真向うというのはタチャーナの婿扱いを意味しているからです。ここで悪魔が彼を唆します。前述したような悪魔性じゃなく、社交界の寵児としての自尊心、すなわち小悪魔が彼の心でうごめき出すのです。ペテルブルグの社交界の名花たちを手玉にとってきたこの俺が、田舎令嬢の婿だって！　冗談じゃないぜといったところです。断乎として腹いせをしてやるぞと決心しますが、顔には出しません。タチャーナにも優しくうなずいてみせます。そして舞踏会になるとオリガを誘って独占するのです。お気の毒だが、俺のお目当てはタチャーナさんじゃないんでね、といったところです。オリガはオネーギンにちやほやされて、嬉しくて顔は上気します。レンスキーはオネーギンと踊りまくるオリガを見て、心が切り裂かれます。せめて最後の踊りをいっしょにと思っていたら、オリガはそれももうオネーギンと約束しているという。レンスキーは憤然として帰宅し、その夜のうちにオネーギンに宛てて決闘状を書くのです。

作者はオネーギンがタチャーナの悲しげな顔を見て、あいつのせいでこんなふくれっ面をみなければならぬとレンスキーに腹を立てたと書いています。だとすると彼の振る舞いはレンスキーへのいやがらせであったのです。しかし、まさか決闘にまで行き着くとは思っていなかったでしょう。そもそもこの時期の彼にはタチャーナの場合を除いて、他者への思いやりなどほとんどなかったように見えます。自分自身を生きるのに倦いた悲劇の主人公と思っているのですから、他人の苦しみなど見えはしないのです。それが自分の苦しみを言い立てる人間の特徴です。

小説とは妙なもので、ある人物を創り出すと、その人物は作者を離れて独立の実在する人物のようになってしまいます。実在する他者であるのなら、筆者は伝記作者のように、人物の心をあれこれ忖度するしかありません。作者が作中人物のそのときの考えはこうだと書いているのだから、それ以外にはありえないというのは、たとえフィクションであっても、いったん人物が創り出されると、その人物は作者から他者として独立してしまうという機微がわかっていない人のいうことです。作者は自分が創った人物のことがすべてわかっているわけではないのです。だから、プーシキンがオネーギンはレンスキーに腹いせをしたと書いていても、プーシキンさん、それはちょっと観察が足りないよ、他にこういう心理が働いていたんじゃないかと言うことが許されるのです。もっともそれをやりすぎると、人の作品を勝手にねじ曲げることになりかねませんが。

もう話は第六章に入っているのですが、この章はオネーギンとレンスキーの決闘を叙べております。レンスキーは決闘の介添人にザレツキーという地主を選びます。決闘もその介添も数々やったことのある古狸です。タチャーナの名の日の翌朝、この男がオネーギン宅へ決闘状を届ける。オネーギンは「一も二もなく、いつでもお相手しよう」と答えるのですが、激しく後悔します。第一、昨夜レンスキーをからかったのがよろしくなかったし、第二に一八歳の若者の激発に対して、自分も「獣のように毛を逆立て」るべきではなかった。しかしこの件には、ザレツキーという「古強者の決闘屋」が絡んでいる。自分がレンスキーに和解を求めれば、この「性悪な金棒引き」が世間になんと言い触らすかわからない。オネーギンは臆病者と噂されるのがたえられずに、決闘を覚悟するのです。

一方レンスキーは、オネーギンが「うまく冗談に紛らす」のではと心配していたのですが、ザレツキーが返答をもたらしたのでほっとする。もう「沸き立つ敵意でじりじり」しているのですから。コケットのオリガを憎もうとするが、いつの間にかオリガの家の前に来ています。すると彼女は跳んで来て詩人を出迎える。「昨夕はどうして早々に雲隠れなさったの」。何のことはない。いつもの通りの「おきゃんで、のんきで、ほがらかな」オリガなのです。このあたりの描写もみごとですね。レンスキーの嫉妬も恨みも消えうせます。「わが身は今も愛されている」のです。しかし明日の早朝には、決闘場と定めた水車場へ行かねばならぬ。この決心は変わらないのです。

ロシアの決闘文化

ロートマンによれば、決闘はむろん名誉回復の手段ですが、どちらが傷つくかは問題ではなく、どちらかの血が流れたら名誉は回復されるのです。それは一定の厳密な手続きを履んで行われますが、それを保証するのが双方の介添人です。双方の介添人はまず和解の可能性をぎりぎりまで探らねばなりません。この点でオネーギンとレンスキーの決闘はまことに異常な状態で行われたのです。というのは、レンスキーの介添人ザレツキーは和解のための努力をまったくしないばかりか、むしろ決闘をけしかけるような態度でしたし、オネーギンには資格のある介添人がいなかったのです。介添人は決闘状を届ける際に一応和解を打診せねばならぬのに、ザレツキーはまったくそれをしていない。またオネーギンはぐっすり眠って二時間も遅刻してしまいますが、本来なら一五分遅れたら、相手が決闘から逃げたと見なして決闘場を立ち去ってよい。つまり決闘解消の立派な理由になるのですが、ザレツキーは遅刻を全然問題にせず、決闘を行わせています。さらに、オネーギンは自分の下男が介添人だというのですが、ザレツキーはこのことだけで決闘を解消できた。下男に介添人の資格はないからです。それなのにザレツキーはさっさと事を運んでしまいます。ですからこの決闘はまったく異常な状況で行われてしまった。ちゃんとした介添人が双方についていたら、和解ないし決闘回避の機会は何度もあったのです。プーシキンはザレツキーが「厳格な決闘術の規則」を守ったと書いていますが、それは決闘そのものの条件についてだけのことです。

決闘はもちろんフランスから移入された新しい習慣でしたが、当時のロシアの決闘は当事者間の距離の点で、フランスのそれよりははるかに厳しい条件のもとで行われたのです。ふつう両者の間一〇歩のところに境界線が設けられ、それに近づきながら射ち合う。オネーギンとレンスキーのばあいもそういう条件でした。オネーギンは一発でレンスキーを撃ち殺してしまいます。

オネーギンに殺意はあったのでしょうか。つまり狙って射殺したのでしょうか。普通の解釈ではそうではなかったとされています。前の日に決闘状を受け取ったとき、愛すべき純情青年と決闘する羽目になったことについて、自分を責めたと作者が書いているからです。それなら狙いをそらして撃てばよさそうなものですが、あからさまに狙いをそらすと相手への侮辱となり、決闘のやり直しになりかねないので、一応銃口はレンスキーに向けて発射した。しかし狙って撃ち殺す気はなかった。

それがたまたま当たってしまったというのが、今日の研究者間の定説のようです。しかし、どうでしょうか。オネーギンは時々悪意に襲われ、それに支配されることがあります。冷たく意地悪な気持ちになるのです。この男は自分が馬鹿気た羽目に陥るのがたえられない。タチャーナの名の日の振る舞いがそのことを示しています。このときも、決闘という馬鹿気た羽目に陥った怒りがなかったでしょうか。プーシキンはまったくオネーギンの心理を説明していません。ただオネーギンが先に発砲した、レンスキーが倒れたと書いているだけです。私はこれがプーシキンの凄いところだと思います。オネーギンはプーシキン自身が創りだした人物ですから、その心など思い通りに書けそうなものです。ところがこの場面ではそれをしていない。オネーギンがどういう気持ちだったのか、作者の自分にもわからぬという書きかたです。これが凄いと私は思うのです。

オネーギンは良心の呵責にたえかねたと作者は書いています。この決闘、というより殺人はオネーギンの転機になりますし、またタチャーナの転機にもなります。オネーギンは村を去り、レンスキーのためには小川のほとりの木陰に「お粗末な碑」が建ちます。ふつう死者は教会の墓地に埋葬されるのに、こんな野末に墓が建てられたことをもって、ロートマンはレンスキーは自殺者として扱われたのではないかという説を立てています。つまり決闘事件は揉み消されたというのです。オネーギンがレンスキーを殺すという設定には、思想史的な意味を読みこむこともできそうです。レンスキーは歳でいうとオネーギンの五つばかり下で、思想的にはオネーギンよりあとの世代を代表しています。オネーギンの教養はフランス啓蒙主義プラスバイロンです。つまり冷笑的で皮肉っぽいものの考えかたにどっぷり浸った男です。レンスキーはドイツ哲学の信奉者、すなわち理想主義的な観念論者です。この物語が進行するのは一八二〇年代の初めであるらしいのですが、一八三〇年代にはロシアにヘーゲル哲学が紹介され、その中からゲルツェンのような新世代が育ってゆきます。レンスキーはそのような新世代の先駆けといってよいのです。つまり思潮はヴォルテール・ドルバック→バイロン→カント・ヘーゲルと移ってゆくわけですが、決闘によってオネーギンの合理的唯物論は、レンスキーの観念論的理想主義を撃ち殺したことになります。すなわちオネーギンは未来の芽を摘む不吉な形象として現れているのです。

西欧文化に蝕まれた人間

第七章はまず、オリガが当座は悲しみに沈んだものの、すぐに別な男に気を移し、槍騎兵の中込みを受けてさっさと結婚してしまったことが語られます。この人は無邪気な善人ですが、自分が何をやっているのか、自分のやったことが他者にどう関わるのかといった点では、何の考えもない浅い心の持ち主なので、こういう人は往々にしてしあわせになるのです。

タチャーナはひとり残されました。いったいオネーギンとは自分にとって何だったのか、と考えこまぬわけにはいきません。ある日思いに耽って歩んでいるうちに、いつの間にかオネーギンが住んでいた屋敷に来てしまいます。許しを得て中に入りこみますと、目に触れるすべてが尊く思える。バイロン卿の肖像画があり、ナポレオンの立像がありました。オネーギンはバイロニストだったのです。その日はそれで帰りますが、この娘が凄いのは次の日から屋敷に通ってオネーギンの蔵書を読みにかかることです。彼女はどうしてもオネーギンの心の謎を解きたいのです。

小澤さんの注釈によると、プーシキンの最初のプランでは、オネーギンの蔵書はロック、ヒューム らのイギリス経験論哲学、ヴォルテール、ルソー以下、マブリ、ドルバック、エルヴェシウスらのフランス啓蒙主義、さらにキケロやルクレティウスなどのローマの古典を含んでいて、懐疑的無神論の傾向を示しているのです。文学はほとんど欠如しています。第二のプランでは逆に、シャトーブリアンの『ルネ』、コンスタンの『アドルフ』、ウォルター・スコットなど、一九世紀初頭のロマン主義文学が含まれているのです。しかし、決定稿ではバイロンの長詩『ジャウア』と『ドン・ジュアン』、それに二、三の小説ということになっています。この二、三の小説のうちには『ルネ』と『アドルフ』が入っていただろうと小澤さんはいっています。そしてプーシキンはこう書くのです。「そこには時代が反映し／現代人というものが／かなり忠実に描かれている／それは利己的で、干からびた／とめどなく空想に身をまかす／不道徳な魂をもち／無益な活動にいきり立つ／怨みを抱く知性であった」。

オネーギンは欄外に書き込みをしていました。つまりわが心を語っていたのです。タチャーナはだんだんこの「有無を言わさぬ運命の力によって思慕すべく定まったかの人」のことがわかって来ます。そして作者は、彼女の心に浮かんだ感想を次のように叙べるのです。「憂鬱な、危険な奇人／地獄か、はたや天の産物／この天使、この傲慢な悪の申し子／彼はそも何者だろう？　もの真似か／取るにも足らぬ幻か、それともまたは／ハロルドのマント着たモスクワびとか／他人《ひと》の奇行の一解釈か／はやりの言葉の完備した辞書？／ひょっとしてパロディではあるまいか」。ハロルドはむろんバイロンの作品の主人公です。

オネーギンの人物像は物語の冒頭で一応与えられていましたが、ここに至ってタチャーナの解釈ではありますけれどほぼ定まったわけです。ポイントはふたつあります。ひとつは彼の双価性です。彼は天使とも悪魔とも見えるのです。もうひとつは彼の模倣性、西欧文学から学んだ傲慢なポーズです。つまり彼はパロディなのです。彼が天使ともみえるのは、生来気高く善良な心を持っているからです。にもかかわらず悪魔に見えるのは、自己中心的で道徳をもたず、常に不幸、不安な現代人のポーズを彼がとるからです。彼は西欧から輸入された一九世紀の流行思想によって、自分の倫理的な根底を蝕まれてしまった人間なのです。タチャーナは自分の「運命の人」について、見極めをつけたわけです。これは魂の成長ではありますが、どんなにつらい見極めであったことでしょう。縁談を次々に断る彼女に手を焼いて、母親は彼女を連れてモスクワへ出ることを思いつくのです。モスクワに顔出しすれば、タチャーナも良縁に出会うかもしれないというわけです。モスクワ行きがきまって、タチャーナがなつかしい野や谷に別れを告げる科白は重要です。彼女は「私の自由よ、さようなら」と告げるのです。自由と別れて虚栄の市へと向うことが、彼女にはよくわかっているのです。つまり彼女はこのときひとつの心を埋葬したのです。

虚栄の都、モスクワ

モスクワには母親の親友、いとこのエレーナ公爵老嬢がいて、なにかと世話を焼いてくれます。そのうち彼女は舞踏会で老将軍に見染められるのです。第七章はタチャーナがこの将軍の妻となることを暗示して終わります。

このあとに来る第八章は、もともとはオネーギンの旅を叙べておりました。つまり、レンスキーを殺したあと、オネーギンは旅に出るのです。しかしこの第八章は全面的に削除され、オネーギンとタチャーナの再会を扱う第九章が繰り上がって現行テキストの第八章となったのです。「オネーギンの旅」は独立したテキストとして残っておりますが、彼が旅した地方の描写があるだけで、彼の心情は一切語られておりません。削除したのは正しい措置でした。

さて第八章、つまり最終章でありますが、旅からペテルブルグへ帰ったオネーギンがある夜会に出席してタチャーナと再会する。タチャーナは威厳の備わった堂々たる貴婦人になっていて、あれがかつて自分が説教を垂れた田舎令嬢とは信じられない。夫の将軍、N公爵がオネーギンを引き合わせても、眉ひとつ動かさず、「もしや同郷のお方では」と尋ねただけで、早々と部屋から立ち去る。「オネーギンは身じろぎもせずあとに残った」のです。招待を受けて公爵家を訪れても同じこと、タチャーナはまさに「近づきがたい女神」のようでした。そこでオネーギンの中に思いがけぬ恋心が生まれる。恋心に倦んだといっていた男、コケット相手の恋の遊戯の歴戦の古強者が「子どものように恋をした」のです。さあ、それからはタチャーナのあとを追いかけ廻す。分別せねばと思ってもどうにもならぬ。彼女の家に日参し、ボアを肩にかけてやったり、ハンカチを拾ったり。しかし彼がどんなにあがいても、タチャーナは彼の存在に気がつかぬかのように平静な態度を崩さないのです。いったいこの恋情は何でしょうか。これがこの物語における重大問題ですが、答はもう少し保留しましょう。

タチャーナの独白

オネーギンは恋やつれして病人のようになってしまった。そして思い切ってタチャーナに恋文を出す。返事はない。第二、第三の手紙を出す。返事は来ない。ある日ばったりと顔を合わすと、彼女は「目もくれず、ひとことも口を利かない」。「その面上に見るはただ忿怨の跡」。こうなっては望みはないのだから、オネーギンは書斎に閉じこもってしまいます。そして乱読を始めた。ギボン、ルソー、マンゾーニ、スタール夫人、ヘルダー、それにピエール・ベイルにフォントネル。このリストはなかなかのものです。ロシアの作家も二、三読み、プーシキンをほめた論文も読んだとあるのはご愛嬌、プーシキンという人はこんな叙述にもおどけを交えるのですね。

しかし作者は「彼は印刷の行の間に／精神の目で別種の行を／読んでいた。彼はそれらの中にこそ／全霊を沈潜させた」と書いています。つまり、わたしがなかなかのものと評したような読書リストは、ただ彼の夢想を誘っただけで、彼の感覚も思惟も次第に麻痺してゆき、色んなイメージが次々に湧いてくる。これまでに経験したいろんなシーンが万華鏡のように次々に浮かんでくる。そして窓辺にいつもあの女《ひと》が座っているのです。そしてオネーギンは、気が狂うか詩人になりかねぬほどだったと作者は言います。「ロシアの詩句の構造《メカニズム》を／その時ぼくの不肖の弟子は／悟ったというのに近い」というのです。これは何でしょうか。このこともあとで考えましょう。

そのうち冬は過ぎ春が来て、わが主人公は久しぶりに外へ出て橇を飛ばします。覚悟してタチャーナを訪ねるのです。「死人のように足を運べば」、玄関にもホールにも人はいない。客間に通るとそこにタチャーナがいた。ひとり座って手紙を読んで静かに涙を流している。オネーギンはこのとき初めて昔のタチャーナ、哀れなタチャーナを公爵夫人の上に見出したとプーシキンはいいます。時は還ったのです。オネーギンは彼女の足許に身を投げ、そしてあのタチャーナの有名なモノローグが始まります。クロポトキン公爵は、幸徳秋水が彼の著書『麵麭の略取』を訳して、大正時代には日本でもよく知られていたアナキスト革命家ですが、彼には『ロシア文学の理想と現実』という著書があり、その中で『オネーギン』に触れて「ロシア婦人の全世代は、この詩を読んで、このモノローグのところまでくると、みな声をあげて泣いたものだ」といっています。

タチャーナは言います。オネーギン様、あのお庭の並木道であなたのおさとしを私がおとなしく承った時のことを覚えていらっしゃいますか。今日は私の番です。私はあの頃、今より若く、もっと器量よしだったような気がします。そしてあなたをお慕いしておりました。しかし、どんなお答えだったことでしょう。あの冷たい眼差し、あのおさとしを思い出すと、今でも血が凍ります。しかし、責めるのではありません。あなたは気高く正しい態度をおとりになりました。心底ありがたく思っています。私はあなたのお気に召しませんでした。どうして今ごろ私を付け廻しなさいますの。私が上流社会に出入りする身だからではございませんか。夫の軍功のせいで、私どもが宮廷の愛顧を受けているためでしょうか。私が社交界であなたと浮名を流せば、それがあなたの名誉になるからでしょうか。何があなたを私の足許にお連れしたのです。何という浅ましさ。

私にとって社交界での成功が一体なんだというのでしょう。贅沢やうわべばかりの華やかさが何でしょう。私はすぐにでも喜んで、そんな一切を振り捨ててしまいます。ふるさとの貧しい住まい、本棚や荒れた庭、十字架と木の枝の木陰にわたしのばあやが眠る慎ましい共同墓地とひきかえに。「幸福はあれほども手の届く／身近なところにございましたのに！　でも私の／運命はもう決まっています」。夫ある身の私をそっとしておいて下さいませ。あなたには誇りも信義もおありでしょう。私はあなたを愛しています。でも「他の方に嫁がされた身、生涯その方に操を立てるつもりです」。彼女は立ち去り、オネーギンは電撃を受けたように茫然と立ちすくむ。これで物語は終りです。

ドストエフスキーの一方的なプーシキン像

さて、この物語は感動的であるには違いありませんが、その感動には解かねばならぬいくつかの謎があるように私は思うのです。これはタチャーナは立派だ、彼女は美しいと感動すればいいだけの作品ではけっしてないと思われます。ドストエフスキーは主人公はタチャーナで、タイトルもそうすべきだった、オネーギンなんて何者でもないと言いますけれど、そうではないと思います。ドストエフスキーの『プーシキン論』は邦訳全集で二巻を占める『作家の日記』の最後のところに載っています。まず、これから検討してみましょう。

一八八〇年にモスクワにプーシキンの銅像が建って、その除幕式典としてプーシキン記念祭が行われ、第一日にはツルゲーネフが演説し、二日目にドストエフスキーが演説したのですが、この演説は聴衆を熱狂の渦に巻きこんだと言われています。『プーシキン論』はこの演説の記録ですが、『作家の日記』には他に『演説についての釈明』と、演説をめぐるグラノフスキーとの論争が収められています。

ドストエフスキーによれば、オネーギンとは「民衆から分離したわが国の社会に、歴史的必然性をもって現れた、歴史的なロシアの受難者」なのです。彼らはロシア民衆の中にある宝、すなわち可能性にまったく盲目である代りに、世界的理想を常にロシアの外部に求める人々で、そのために永遠の「不幸な放浪者」なのです。だからタチャーナから愛を打ち明けられたときも、彼女の真価がわからなかった。もし彼の崇拝するバイロン卿がやって来て、タチャーナをほめたら、オネーギンはすぐタチャーナにとびついただろうとドストエフスキーは言います。つまり彼らの価値判断の基準が完全にヨーロッパにある、ヨーロッパに対して下男根性が抜けないと言いたいのです。さらに、かつて軽蔑した小娘に再会したとき、オネーギンの目がくらんだのは、全社交界が彼女に跪拝しているからだと言うのです。かつて歯牙にもかけなかった女を、今や華々しい及びもつかぬような環境の中に見出したからだと言うのです。ドストエフスキーは私が尊敬する作家であり思想家ですが、これは何といっても悪意にみちた一方的なオネーギン像ですね。しかも、粗っぽい。民衆から分離したインテリ攻撃という自分の執念に捉われて、テキストがちゃんと読めていません。非常に図式的です。

タチャーナについて「これは自分の地盤の上にしっかと立っている、毅然たるタイプである」と言っているのは正しいでしょう。しかし、彼女がオネーギンという人間を見抜いていて、彼が慎ましい自分を愛しているのではなく、社交界の女王という幻影を愛しているにすぎないとちゃんと知っていた、仮に夫が死んで寡婦になってもオネーギンのもとへは赴かないだろうと言うのはどうでしょうか。それならなぜタチャーナは、オネーギンの手紙を読みながらさめざめと涙を流し、今でもあなたを愛しているというのですか。また、タチャーナの独白を読んでロシア女性の全世代が声をあげて泣く必要もないことになります。ドストエフスキーは私は操を守りますというタチャーナの言葉を弁護して、たとえ老将軍に嫁したのが母が哀願したからであり、また絶望の果てであったにせよ、いったん結婚した以上、自分を愛してくれる夫を裏切るわけにはいかない、他人の不幸の上に築かれる幸福はありえないと説教します。それなら、一九世紀ヨーロッパ文学の偉大な作品は大体において姦通小説でありますが、その一切は不道徳ということになります。『アンナ・カレーニナ』は成立しないということになりますね。

『アンナ・カレーニナ』には矛盾する両面があります。アンナがカレーニンをどうしても愛することができず、ウロンスキーと恋に陥るのには道理があります。一方、ウロンスキーと同棲するようになっても、けっして平安になれない。そのためアンナは汽車の前にとびこんで死ぬのですが、この結末を暗示して、トルストイは、「復讐するは我に在り」というおそろしい聖書の一句を、この作品のエピグラフにしています。この両面を描いているから『アンナ・カレーニナ』は偉大な作品なのです。タチャーナはちゃんと婦徳を守ったが、アンナは守れなかったからダメだなんてトルストイは考えてはいません。

そもそも『オネーギン』は婦徳讃美の物語なのですか。プーシキンは操をたてるタチャーナを讃美しているのですか。違うでしょう。操をたててゆくタチャーナは不幸だと言っているのでしょう。社交界を虚偽の世界として嫌っているのに、夫の顔を立てるために女王めいた役割を続けねばならぬタチャーナは、けっして幸福ではないと言っているのでしょう。故郷を去ってモスクワへ出るときに彼女は自由を、すなわち希望を埋葬したと言っているではありませんか。

タチャーナの断念の美しさ

ルソーの『ヌーヴェル・エロイーズ』は、部分的ですが『オネーギン』に重なるところがある小説です。プーシキンはもちろん読んでいますし、タチャーナも読んでいます。主人公のジュリは家庭教師のサン・プルーと熱烈な恋に陥るのですが、父親の頑固な意思によって、ずいぶん年上のヴォルマールと結婚させられます。これはロシア人なのですが、なかなかの人物で、ジュリは大変幸わせな家庭を持つことになるのです。あとではヴォルマールの意向で、サン・プルーを子どもの家庭教師として呼び寄せ、三人は友愛のきずなのうちにうまくやっていくのですが、サン・プルーの恋は死に絶えてはいないし、ジュリも事故死したあとに残した遺書に、もう少し生き長らえていたら罪を犯したでしょうと書き残したのです。

この小説は『オネーギン』の構想に影響を与えていると思うのです。もちろん、サン・プルーとエヴゲーニイはまったく異るキャラクターです。また、ジュリもタチャーナに似ていません。しかし、ジュリが、親の意志に従った結婚に神聖な義務を自覚したというのは、タチャーナの場合とおなじです。そして、ジュリの中にサン・プルーへの思いが残っていたというのも、タチャーナの場合とおなじだと思います。ルソーは操を守ったからジュリはえらいとは言っていません。おなじくプーシキンにも、操を守ったタチャーナはえらいと言うつもりはなかったと思います。プーシキンはむしろタチャーナの断念の美しさ、いさぎよさを歌っているのです。「でも私の運命はもう決まっています」とタチャーナは言います。「幸福はあれほども手の届く／身近なところにございましたのに」とタチャーナは言っています。機会は永遠に去ったのです。オネーギンがタチャーナに説教をしたときに、批判も持つようになっています。彼女はオネーギンという男にある理解を持つに到り、批判も持つようになっています。しかし、依然として愛しているのです。つまりこの男の中にある一風変わったところ、悪魔的ともみえる誇りと暗鬱に自分と通じるところを見出しているのです。またこの男が冷笑的なポーズのかげに、人間の真情に感動できる魂を匿していることに気づいています。

タチャーナはオネーギンが様々なものに毒されていると知っているのです。しかもその底には非凡な魂があることも知っているのです。もしオネーギンが社交界の「若き蕩児」として溜めこんだ様々の毒を、タチャーナの無垢な愛によって洗い流すことができたのなら、二人は幸わせになれたのです。その可能性がなかったとは言えません。束の間空に架かって消えてゆく虹のような可能性だとしても。しかしその可能性は当時のオネーギンが陥ちこんでいた空虚感と無能感によって実現を阻まれました。オネーギンに罪ありとせば、中途半端な教養と、社交生活の虚飾と技巧しか知らず、倫理的根底をどこに求めてよいかもわからず、自己中心的な虚無感に陥ちこんでいたということにしかありません。

己の空虚を自覚していたオネーギン

オネーギンが再会したタチャーナにのぼせたのは、最初のうちは、社交界で敬意を集めているこの堂々たる女王が、昔は俺に愛を乞うていたのだといううぬぼれのためかも知れません。しかし、自分でもまったく抑制の利かぬ盲目的な恋にまで昂まったとき、そんなうぬぼれは消え去っていたはずです。彼は既に社交界の数々の美女を征服し、しかもそういう恋の戯れに飽いていたのです。タチャーナはそういう美女でさえありません。プーシキン自体、「誰も彼女を美人とは呼べないだろう」と書いています。オネーギンが発見したのは、平静で抑制が利き、虚飾のない深い魂が外に現れた美しさなのです。彼はいまやそれが感得できるまでに、彼なりに成長していたのです。

もっともこの点も、解釈はいろいろとできるわけで、オネーギンは乙女には心が唆られず、大人の成熟した女にひかれるたちの男なのかもしれません。もともとタチャーナの陰気さ暗鬱さに彼がちょっと魅力を感じたことは、先に見た通りです。その暗い少女が、暗さを底に秘めて輝き出る女にまで成長した姿に、オネーギンはいかれたのかもしれません。だとすると、ここには一種のすれちがいの悲しさがあることになります。ただここでは、彼はタチャーナの大地のような倫理的根底の美しさに目覚めたのだと一応しておきます。

オネーギンがタチャーナに黙殺されて、読書に耽るようになったというところで、プーシキンがオネーギンは印刷された行の間に別の行を読んだと書き、さらに危く詩人になりかけたと述べていることを先に注意しておきました。ここで示されているのは、オネーギンは読書傾向からすれば、理論的哲学的な志向を持っているようだけれども、この時期になって理屈よりも心情に目覚めたということだと思います。オネーギンは世間と人間を馬鹿にする理屈を溜めこんできたのですが、タチャーナに決定的に振られた今となって、やっと冷たい頭の氷が融けて、素直な心情が働き出したのです。ある種のこけ脅しの機械仕掛けの人形に、やっと血が通ったのです。つまりオネーギンは再会したタチャーナに恋したことによって、ある種の甦生を経験したのです。

ドストエフスキーがオネーギンを、西洋の流行思想を借着することで自己の倫理的根底を見失った人間と定義したのは間違ってはおりません。しかし、プーシキンはそれにとどまらず、そうした外国かぶれの根なし草が自己の空虚を自覚したことまで描いています。こうして一九世紀ロシアの重大な思想的テーマが完全な形で、しかも初めてプーシキンによって提出されたのです。これは凄いことで、一見蕩児的な生活に浸っていた彼が、どうしてこういう自覚に到達したのか。筆を起こしたのが南方流謫の時期だっただけに、やはり詩人の直感というものに驚きを禁じえません。

「強い女」と「弱い男」

だが、タチャーナによって甦生しようとするオネーギンは、またもや空しい影を追いかけているのです。この男はあまりに未練がましいのです。それに反してタチャーナは、唯一の機会はすでに去り、今は運命に従うときだと知っています。タチャーナは美しく断念し、オネーギンは未練に溺れているのです。タチャーナは抑制を知り、オネーギンはそれを知りません。

ロートマンはこう言っています。「農奴の乳母に育てられ、村で暮らし、あるいは少なくとも一年のかなりの部分を親の領地で過ごした貴族娘は、民衆的な感情表現や振舞いに関する一定の規範を身につけた。この規範はある程度の抑制を特徴とするもので」、「だからタチャーナはいかに『驚き、震撼した』時でも、同じ口調を失わず、そのお辞儀は相変わらず静かだったのである」。

抑制できる魂は断念できる魂であり、場合によっては決断する魂でもあります。かくて強い女と弱い男というロシア文学の特徴、ツルゲーネフの小説に特に表れる特徴が生まれることになります。しかし、今夜はその点にはこれ以上触れないことにしましょう。また、女によって甦生しようとする男というのも、ロシア文学のひとつのテーマですが、それはまた折を改めてお話しすることがあるかも知れません。

オネーギン覚醒の物語

私はこの長篇詩はオネーギンの覚醒の物語だと思います。タチャーナはオネーギンの試練の石であり、覚醒の契機なのです。ですからこれは、ドストエフスキーの言うようにタチャーナの物語ではなくて、あくまでオネーギンの物語なのです。オネーギンはタチャーナと出会うことで、肥大した自我の空虚を暴露し、しかもタチャーナの堅固で美しい倫理的な根底に気づいて、それによって空虚から救われようとしたのです。しかし、彼女の美しい断念によって、彼は空しく取り残されるしかありませんでした。彼は自分で自分の根底を見出すしかないのです。

プーシキンはこのあとオネーギンがデカブリストになるという結末を考えていたようです。だが、生の根底を得たいというオネーギンの願いは、そういう政治的な活動によって充足されるものでしょうか。オネーギンの悩みはもっと複雑です。タチャーナのように静かな断念と抑制に生きることは美しいし、ひとつの立派な生き方ではあるけれども、生にはもっと荒々しい歓喜や、おそろしい疑念や、広々とした展望があるべきなのではなかろうか。そういった生を可能ならしめる倫理的根底とは何なのだろうか。オネーギンのロマンティシズムは破産し、かつなお死んでいないのです。答えの出ない問の前に佇むオネーギンにとって、社会革命家になるというのはあまりにも安易な逃げ道です。プーシキンは結局、そういう道をオネーギンに選ばせなかったのでした。オネーギンはおそらく絶望のうちに空しく滅びてゆくのでしょう。でもその滅びこそ、輝かしい一九世紀ロシア文学の幕明けだったのです。

第2講　ブーニン『暗い並木道』を読む

ブーニン、原卓也訳『暗い並木道』（国際言語文化振興財団、一九九八年）
ブーニン、岩本和久・吉岡ゆき・橋本早苗・田辺佐保子・望月恒子・坂内知子訳『ブーニン作品集　第3巻　たゆたう春／夜』（群像社、二〇〇三年）

貧乏貴族、ブーニン

ブーニンといったって、みなさんは初めてお聞きになる名前でしょう。大正時代から昭和の初めにかけては、ロシア文学への関心が非常に高かったせいもあって、少なくとも文学青年の間には多少なりと知られていた名前なのですが。たとえば大正十二年には『生活の盃』という短篇集が新潮社から出ていて、これには名作とされる『サンフランシスコから来た紳士』が収められています。これは『現代露西亜文芸叢書』の一冊で、巻末の予告では、ベールイ、ソログープ、レーミゾフなどが出ることになっています。ちょっと溜息が出ます。こんな名前、今ではロシア文学の研究者しか知らないでしょう。かつての日本では、西洋文学の紹介のレヴェルは相当に高くて、その高さは昭和三十年代までは続いていたのですが、その後サブカルチャー、おもしろ文化全盛の時代がやって来て、西洋文学についての教養など崩壊してしまいました。ブーニンは一九三三年にノーベル文学賞を受けているのですが、当時は今みたいにノーベル賞をありがたがることもなかったようです。

この人はイワン・アレクセーエヴィチ・ブーニンといって、一八七〇年に生まれています。つまり明治三年、日本では宮崎滔天が生まれた年です。このアレクセーエヴィチというのはロシアの人名に特有の父称なのです。お父さんの名がアレクセイだということを示しているのです。アレクセイの息子イワンというわけですね。これが女の子ならアレクセーエヴナとなります。生まれたところはヴォローネジ。モスクワから五〇〇キロくらい南の町です。このモスクワから南、ウクライナの手前あたりまではトルストイ、ツルゲーネフらを生んだ地帯で、いわばロシア近代文学の故郷といっていいところなのです。

父親は詩人ジュコーフスキーの血筋につながる貴族ですが、若い頃は軍隊に勤務してセヴァストポリで戦っています。セヴァストポリはクリミヤ戦争の有名な激戦地で、トルストイも従軍して『セヴァストポリ』という名作を書きました。ちょっと脱線しますが、セヴァストポリってどこ？　というんじゃ、ほんとうは困りますね。クリミヤ半島の南端に築かれたロシアの要塞で、その攻防戦でナイチンゲールが最初に活躍したところですよ。父親のことは、ブーニンの自伝的要素の強い『アルセーニエフの生涯』（邦訳題『アルセーニエフの青春』）にも出て来ます。人柄はよろしいのですが、経済的観念は皆無、貴族といっても館があるだけの典型的な没落貴族でありまして、ブーニンは衣服にせよ食事にせよ、まったく貧しい少年時代を送ったのです。

ブーニンはロシア革命後亡命しておりまして、地主作家などと攻撃されたのですが、私は地主だったことなど一度もないと反論しています。農奴解放（一八六一年）以前は、貴族は自動的に領地を保有していたのですが、ブーニンが育った頃は、領地などとっくに手放した貧乏貴族がうようよしておりました。チェーホフの『桜の園』を思い出してくだされればよろしいかと思います。

ロシア貴族の特質については前回ちょっと触れましたが、その功罪はともかく事《こと》文学に関しては、ロートマンがロシア貴族文化の深奥において、全人類的な意義をもつ作品群が生み出されたことを忘れてはならぬと言っている通りで、ブーニン自身もデカブリストから「人民の意志」派にいたるような貴族、つまり「悔い改めた貴族」を生んだ国は、ロシアの他にはないと言っています。ブーニンはロシア貴族の末裔たることに誇りをもち、その伝統の中で生まれたもっともよき特質を保持しようとした作家であって、その意味でロシア一九世紀文学の最後の一人といってよろしいのです。

ブーニンのお母さんは『アルセーニエフの生涯』で描かれているところでは、「全生涯にわたってプーシキンとともに歩んだ」とされています。つまり、プーシキンの作品を諳《そら》んじていて、生活の節々でその詩句に励まされ、導かれた人だというのです。家庭内ではプーシキンは親戚の一人みたいに感じられていたと、ブーニンはアルセーニエフに言わせています。こういう家庭で育ったというのは大事なことです。そもそもロシアでは社会における文学の地位、とくに詩の地位がとても高いということも承知しておいてください。長谷川四郎という私が好きな作家がいますが、彼はシベリア抑留中、ロシア人の炭鉱夫が『大尉の娘』を持っているのを借りて読んだそうですからね。炭鉱夫がプーシキンを読むのですよ。

亡命後の晩年に傑作を執筆

ブーニンはヴォローネジの北東にあるエレーツという町のギムナジウム（八年制）にはいるのですが、三年生でやめてしまいました。学歴はこれだけです。あとはオリョールで新聞記者をやったり、ポルタワでゼムストヴォ（地方自治体）の事務員をしたりしましたが、一七歳のときに自作の詩が初めてペテルブルグの雑誌に載り、二十一歳のときには処女詩集を出しています。やがて小説を書くようになり、一九〇三年には作品集六巻を出すにいたるのですが、最初詩人として出発したことは、ブーニンを理解する上でとても大事です。

ロシア革命が起こったときブーニンは四十七歳で、すでに文壇的地位を確立した作家でありました。代表作のひとつ『村』は一九一〇年に書かれています。その作風はリアリスティックで、第二のチェーホフと呼ばれていました。『村』はトルストイ風のロシア農民の美化からまったく遠く、農民生活の愚かしさ、暗さを描き出している点で、チェーホフの『谷間』と好一対といわれています。実はブーニンはチェーホフとまったく作風の異なる作家なのです。彼が亡命したのは一九二〇年です。もう五十歳になっていました。

ロシアの亡命文学者の拠点となったのはベルリンとパリで、そこには亡命ロシア人の有力なコミュニティが出来、ロシア語の雑誌も出ておりました。ブーニンはパリで暮らすことになるのですが、やがて南フランスにヴィラを借りて、夏はそこですごすようになりました。一九二五年に『ミーチャの恋』という中篇を発表してから、ブーニンの独自の作品世界が姿を現わしてゆきます。つまりこの人は若くして文壇の人となったのに、自分の本当の世界を探りあてたのは五十代半ばになってからなのです。亡命後にほんとうにいい作品を書いているのです。これはひとつは、祖国で絶滅させられたロシア貴族のよき伝統への哀切な思いが深まりかつ高まったからでしょう。翌二六年には『日射病』が書かれますが、これは今夜とりあげる『暗い並木道』に収められた短篇のはしりといってよい。つまり異様な結晶化をとげる恋の話でして、サマセット・モームは『世界文学一〇〇選』という短篇傑作集のなかに、この『日射病』を選んでいます。

ブーニン最高の作品

『暗い並木道』は一九三七年から四五年にかけて書かれた短篇を集めたもので、一九四三年ニューヨークでわずか六百部発行されたときは十一篇を収め、一九四六年パリで再刊されたときは三十八篇が収められています。全篇恋愛というか、とにかく女の話です。注目すべきなのは作風が非常に象徴的になっていることです。ロシア文学史では一九世紀末から二〇世紀初めは象徴派、いわゆるデカダン派の全盛期なのですが、ブーニンはチェーホフとともに彼らには否定的でした。ところが、この本に収められた短篇は表現が非常に凝縮した詩のようになっていて、チェーホフみたいな平明で坦々とした散文ではない。非常に濃密で官能的です。ちなみにブーニンは晩年のチェーホフから非常に愛されて、家庭の一員のように遇されていたのですが、作家としてはかなり質がちがうのです。チェーホフは詩なんて書いたこともないという人でした。とにかくこの『暗い並木道』はブーニンの最高の作品で、世界文学の中でも独特の高い地位を要求できるものです。彼は六十七歳から七十五歳にかけてこれらの作品を書き、自分の最高の境地に達しました。すごいことです。

これから『暗い並木道』（原卓也訳・国際言語文化振興財団・一九九八年）所収の作品のいくつかを紹介しようと思いますが、まず表題について説明します。これはロシア貴族の館に特有の菩提樹の並木道のことなのです。びっしり密植されていて暗い影を落としている。チェーホフの小説に「菩提樹の老木の枝のからみあった緑のアーチが陽をさえぎっているあの並木みち」とある通りです。ブーニンはオガリョーフの詩の一節からこの言葉を採っているのです。

みなさんには『パリで』という短篇をコピーしてお渡ししておきましたから、これからはいりましょう。どうでしたか。こんな話どこがいいんだと思われましたか。

私はここには男と女のめったにないいい出会いが描かれ、同時にそれがいかにはかなく、しかも永遠の相を宿しているか示されていて、とても感動的だと思うのですけれどね。しかし、それを感得するにはやはり時代的背景について理解をもつ必要があるでしょう。

主人公の男は髪が白くなりかけているのが見えないと「四十そこそこで通るくらい」とありますから、実際は五十近いのでしょうね。みなさんにお渡しした原卓也さんの訳文には「人生の酸いも甘いも嚙みわけた」とありますが、これじゃ何だか通人みたいで、橋本早苗さんの訳文（『ブーニン作品集』第三巻）の「人生の荒波に揉まれてきた」の方がよいようです。この人生の荒波とは何かわかっていないと作品の奥底が見えません。この男は亡命ロシア人ですが、亡命前は白軍のリーダーの一人だったのです。女から「将軍でしょう」と聞かれて「昔のことですがね」と答えています。男は第一次大戦とロシア内戦に参加して、今はこの二つの戦争の軍事史を書いて飯を喰っているのです。赤軍との喰うか喰われるかといった戦いの苛烈さはいうまでもないとして、亡命後もボリシェヴィキ政権に反対する亡命者たちの政治活動に関わって、失望や苦渋をさんざん味わって来たに違いないのです。このことがわかっていないと「来る日も来る日も密かに女性との幸福な出会いだけを待ち望んで」いたという記述が、まるで女漁りをしているように誤解されてしまいます。つまり女性とのよき出会しか彼の人生に期待することがないというのは、世界史的な潮流にさんざん翻弄されてきたこの男の、何が生の実質かという点での最後の自覚なのです。この切なさがわからないとこの作品はまったくわかりません。

細かいことを言うようですが、男は自分を裏切った妻がエカチェリンブルグ時代にはひたすら白軍のために祈る清純な娘だったと言っていますが、エカチェリンブルグはウラルの山中にある町で、白軍が活動した地方としてはおかしいですね。これは原さんのミスで、橋本さんの訳ではエカチェリノダールとなっています。これならアゾフ海の東南にある町ですから話が合います。

一方、女の方も亡命ロシア人ですね。三十くらいの女性とありますから、ロシアを去ったのは十代のことになります。むろん、貴族の娘だったのでしょう。夫は白軍の参加者で、今はユーゴスラヴィアで働いているという。夫との間ももう切れているのです。ロシア・レストランのウェイトレスをやっているのですから、その生活の侘しさも想像できます。彼女も亡命という苛酷な運命を十分に味あわされて来ているわけです。

ちょっと断わっておきますが、今日のわれわれはソ連の崩壊を見届けていますから、こういう亡命ロシア人を反革命とか、さんざん民衆の血を吸って来た反動主義者とかきめつけることはありません。しかし、当時のフランスにおいてはジイドやロマン・ロラン以下、知識人の大部分は親ソビエト的で、ましてや人民戦線政府の成立した時期とあっては、亡命ロシア人の政治的立場は孤立する一方でした。ヒトラーの擡頭ということもあって、フランスだけではなく、世界的にソビエト政権に好意的な風が吹き始め、逆に亡命ロシア人は肩身の狭い思いをすることになったのです。そういう状況の中で、この二人が身を寄せあったのだということをわかっていただきたい。

それにしても、これはいつ頃の話でしょうか。ヒントは二人で観るフランス映画にあります。「ちょうど今、なにやら傑作という映画をやってますよ」と男が誘って、観にゆくことになるのですが、「翼をひろげて鈍い爆音を立てる飛行機が雲の中を斜めに飛んだり、落下したりしている白くかがやくスクリーン」とあるところで、ハハアとわかります。これは飛行機の戦闘シーンですね。第二次大戦はまだ始まっていないので、これは第一次大戦中の空中戦です。そんなシーンが出て来て、しかも傑作という評判というのですから、これはもうジャン・ルノワールの『大いなる幻影』に違いありません。映画史上のベストテンには必ずはいるこの名作が封切られたのは一九三七年、つまり昭和十二年です。一九三七年というのは第二次大戦が起こる二年前で、ヨーロッパの雲行きはかなり怪しくなっています。世界が動乱に投げいれられる直前、最後の平和が落日の前のように束の間輝いた年なのです。この年にこの小説の男女の束の間の幸福があったというのは意味深いことです。だって、ドイツ軍のパリ占領のあとでは、二人はどうなったか知れたものではありませんから。

良きロシアの名残

この小説のよさがわかるには、やはり以上のようなことを呑みこんでおいてもらいたいのですが、それがわからなくてもこれはやはり心うつ作品ですよ。まずロシア・レストランで知り合うところがいい。メニューの話もいいし、女の自然なわざとらしくない態度もよろしい。女に関心をもちながら、男が節度を守っているのもよろしい。そして何よりも、この二人には価値観と趣味の一致があるのです。亡命には様々な動機がありえますけれど、ブーニンの場合、ロシアの文化的伝統を一切合財打ち壊そうとする革命の暴力を是認できない、言い換えると人間の繊細で優雅な感情や、寛容寛大な理性の存在を認めない全体主義的権力がたえがたいということが根本になっていて、そういう個をいとおしむ感性をこの二人の男女にわかち与えているのです。ところが、亡命した地も安住の地ではありえない。二人はよきロシアに餓えているのです。そしてたがいの中によきロシアの名残りを見出したのです。

些細なことですが、アレクサンドル・ミハイロヴィチ大公とは誰でしょうね。女がうちの店のコックはこの大公に仕えていたと自慢します。ニコライ二世にはミハイルという弟がいて、退位したときこの弟に帝位を譲ろうとしたのですが、アレクサンドルさんはこのミハイルの息子ではないでしょうか。ロシアの皇族はほとんど革命権力から殺されているのですけれど、このアレクサンドルはどうなったのでしょう。訳者が注でもつけてくれているといいのですけれど。

二人が初めてのデートをするところもいいですね。女が夜会服を着ているのを見て、彼女も映画のあとどこか行こうと思っているのだなと男がさとる場面もよろしいです。食事のあと男は女を自宅に誘うのですが、女はもう心を決めています。男の家に着くと女はさっさとシャワーを浴びて、妻のように彼を抱きます。男も妻のように女を抱いたと書いてあります。この辺の描写の呼吸は絶妙です。この一夜をきっかけに二人は同棲するようになります。

さて、二人の辛酸をなめて来た男女がとてもよい出会いをした。それだけでは小説になりますまい。果して男はすぐ死んでしまいます。地下鉄で新聞を読みながら不意に頭を座席の背に倒して目を閉じたとあります。橋本さんの訳では「のけぞらせ、白目を剝いた」とあって、この方がよろしいと思います。女が墓地からの帰り途「おだやかなパリの空のそこかしこに春の雲がただよい、すべてが永遠の若い生を――そして終わってしまった彼女の生を語っていた」とあります。くだくだ申しあげましたが、この短篇が表現したかったのはここであります。つまりはかない生が即そのまま永遠の生だということです。これがブーニンの窮極の主題であります。彼女の生が終ってしまったというのは、それだけ彼女にとってこの初老の恋人のもつ意味が大きかったということです。つまり彼女はロシアを喪ったのです。

この短篇について私はいろいろと深読みをしました。そんなこと本文に書いてないじゃないかと言いたい方もありましょう。作品というのはテクストが示していることだけを享受すべきだという考えがあることは私も承知しています。私はこの作品をブーニンの生涯やら、ロシア革命についての私の知見やらにもとづいて深読みしてみたわけです。そんなのは邪道であり、作品は作者とか時代背景とかに関係なく、独立したテキストとして読むべきだというのが、最近、というよりニュークリティシズム以来の立場だと思います。しかし、テキストは果して独立しているのでしょうか。テキストの表層は言表されていない文脈に支配されているのではないでしょうか。私はそんな立場で作品を読みたいと考えています。

この世で語るべきは女と恋

『暗い並木道』に出てくるのはみな恋のお話です。一番最後の『宿屋』という短篇には恋は出てこないみたいですが、実は少女の絶対的支配下にあり、彼女の一挙一動に気を配っている犬が恋する男の代わりになっているわけで、これも恋の一変態です。七十歳にもなって、全篇恋の話の短篇集を出すなんて普通じゃありません。

青春の憧れなんぞではなく、終生の結論として、この世で語るべきは女であり、恋であると言っているのです。

その場合の女とは、かつてわが国の文壇、その二軍ともいうべき同人誌の世界で、殺し文句のように口にされていた「女が描けている」あるいは「描けていない」という場合の女とはどうも違うようです。恋も同様で、恋とは情痴であるか、青春の一時期の錯覚であるというのがわが国の近代文学全般にゆきわたった同意でありますが、ブーニンは恋は瞬間的に永遠を照らし出すものだと言ってるようです。もう少し作品を読んでみましょう。

『駅長』――永遠としてのはかない一瞬

表題になっている『暗い並木道』という短篇は、馬車が駅舎に乗りつけるところから始まります。帝政ロシアでは、馬の乗り継ぎをする駅舎が主要道路に設けられていて、一種の風物になっています。プーシキンの有名な短篇『駅長』も、こういう駅逓の主人を描いております。駅長は公務員なのです。馬車から降りて来たのは初老の将軍ですが、まだ元気よろしく、コートの裾を手でおさえながら、勢いよく駅舎に併設された宿屋の階段をかけ昇ります。女主人が出て来て応待するのですが、そのやりとりの中で男が「ここは実に清潔で、気もちがいいね」と言うと、女は「屋敷育ちなので清潔が好きでございます。ニコライ・アレクセーエヴィチ」と答えるのです。男は愕然とする。「ナジェージダ！　君か」というわけです。女は男が若いとき手をつけて、やがて棄てた屋敷づとめの婢だったのです。もう三十年昔のことです。あれからどうしたのかと聞くと、すぐ屋敷からひまを出され、いろいろとあって今の境涯だという。結婚もしていない。「どうして、君ほどの美しさなのに」「そんなこと、できませんでした」「なぜできなかったのだね、何を言いたいんだね」「何を説明することがございましょう。あたしがどれほどあなたを愛していたかおぼえておいででしょうに」。

むろん男は責められていると感じて、「涙ぐむほど赤く」なりながら、「すべては過ぎ去るのだよ。愛も。若さも何もかもさ」と言う。ところが女は「それは人さまざまですわ。若さは過ぎ去りますけれど、愛は別でございます」と答える。「君だって一生私を愛することなんかできなかったろう」と言っても、「いいえ、できましたわ」と来る。男は「退ってくれ」と言いながら、ハンカチを目におし当て、

「神が赦して下さりさえしたら。君は赦してくれたらしいね」とつけ加える。女は出てゆきながら言う。「いいえ、ニコライ・アレクセーエヴィチ、赦してはいません」。男は最後に言う。自分は生涯一度として幸せじゃなかった。妻は裏切り、息子は破廉恥な男に育った。私も君という人生で一番大切なものを失った。

馬車に乗って去る将軍に馭者が言う。あの女、高利貸しをしてずいぶん溜めこんでいるって話ですよ。利息の取り立てがきびしいそうで……。将軍は思う。もしもあの女を捨てなかったなら、彼女がいまは私の妻でペテルブルグの屋敷の女主人だったのか。そんな馬鹿なと彼は首を振る。

この短篇を読んですぐ思い出すのはトルストイの『復活』です。ネフリュードフが婢のカチューシャと恋仲になり、そして棄てるというのはまったくこれとおなじです。トルストイの場合、そのあとネフリュードフの悔悟とカチューシャへの償いの物語になってゆくのですが、その点がブーニンはまったく違っています。彼は貴族が農奴の娘をもてあそんだというふうには描いていないのです。女は屋敷を出されるときに十分なお手当をいただいたに違いないのです。そして結婚しなかったのも自分が望まなかったからです。いまや彼女は美しく堂々たる恰幅の成功者なのです。彼女は男を責めているようですが、そうじゃなくて、今も昔の恋人を誇らしく思っているのです。そのすばらしい恋人を今でも愛し通していることを自慢しているのです。あのすばらしかった恋をあなたは忘れたが、私は忘れなかった、つまり自分が恋の勝利者だと言っているのです。あわれまねばならぬのは、むしろ男です。

これは女の一種の強さと頑固さを語っている物語なのかも知れません。しかし、自分の愛は変わらないし過ぎ去らないと女が主張したって、それは彼女の意地の変形ではないでしょうか。彼女がそう思いこんでいるだけだともいえます。思いこみとはいえ愛は女の方では持続しているようですが、男の方では早々と過ぎ去っているのですから、そこに永遠性はかけらも成立しません。存在しているのは若き日のはかない恋だけなのです。ところがこの小説は、そのはかない恋が実は永遠を照らし出す一瞬だったと言っているのです。はかないからこそ永遠であったのです。女はそのことを言っているのだし、男も言われてみればそのことに気づくのです。男はこのむかしの恋が自分の人生の最良の時だったと気づきます。それと同時に、この最良の時は過ぎ去るしかなかったとも承知するのです。

この本に収められた短篇（日本語版は三七篇）の多くは、ちょうど稲妻が一瞬闇にとざされた物の形をはっきり照らし出すように、はかなく過ぎ去る恋の一瞬が生の永遠を啓示することがあると述べております。もちろんブーニンは恋の永遠性などを信じているのではないのです。恋は別れや死によって終るはかない出来事です。ところが恋のさなかに、天が裂けて青空の彼方にあるものが見えるように、突如として永遠が顔をのぞかせる一瞬があるとブーニンは語ります。逆にいうと、われわれは永久に事物の表面をさすらうものであって、永遠とはそんな形で一瞬接触するしかないのだと語っております。これは恋愛というもののもっとも過激な理想化ではないでしょうか。ブーニンはなぜこういう過激化を敢行するのでしょうか。もう少し作品を読んでみましょう。

『寒い秋』――一瞬に凝縮された一生の意味

『寒い秋』は婚約者が第一次大戦に出かけて戦死してしまう話です。男は出征の前、娘に「死んだら仕方がないから、あの世で君を待っている。君はもう少し生きて、この世で楽しい思いをしてから僕のところへ来ればよい」と言うのですが、一カ月後に本当に戦死してしまいます。その後女は苦労しました。領地をもつ貴族の娘だったのですが、父も母も亡くなり、一九一八年にはモスクワのとある家の地下室に住んでいました。家主の女は「どうだね、お嬢さま、暮し向きはどんな具合ですかね」といつもあざ笑うのです。彼女はわずかに残った持ち物を街頭で売っていたのですが、「稀に見る美しい心をもった中年の退役軍人」と出会って結婚します。だが夫は亡命の途中、船中で死んでしまい、夫の甥夫婦も生後七カ月の女の子を彼女に預けて行方不明になってしまいました。彼女はその子を育てながら、コンスタンチノープルからフランスのニースまで流浪したのです。赤子は成長して今や愛らしいフランス娘みたいになって、彼女にはまったく無関心です。婚約者が死んで三十年経った今、彼女は自分の人生には何があったのかと考えます。あったのはただ婚約者と最後に会った寒い秋の夜だけではなかったか。思い出すのは契ることもなかった婚約者の言葉です。「私は少し生きましたし、楽しい思いもしましたから、そろそろそちらへまいります」と彼女が呟くところでこの短篇は終っています。つまりこのとき、彼女の一生の意味は成就したのです。

ブーニンは彼女が死んだ婚約者は必ず天国で待っていると信じたと書いています。そんな天国が本当にあるとブーニンが語るのなら、彼は文学者ではありません。ただ、彼はこの女主人公の一生は寒い秋の夜の一瞬に凝縮されたと語っているのです。「あの世で待っている。君はこの世を楽しんでから僕のところへおいで」と語った人は、たしかにその夜いたのです。それがすべてです。それが永遠です。『寒い秋』はほかのブーニンの短篇とおなじように、物語の経過はごく簡単にはしょって、肝心の一刻だけを取り出します。前後を切り捨てて、核心となる瞬間だけを示すのです。つまり彼は水平に語りません。垂直に物語の核心を示すのです。その核心とははかなさの中に一瞬示される永遠といってよいでしょう。

『聖月曜日』——謎としての女

もう時間がありませんが、もう一篇だけ紹介しましょう。『聖月曜日』はかぐや姫のような物語です。女主人公は富裕な商人の娘で、モスクワの大学へ通っています。「私」は彼女にすっかりいかれていて、花やチョコレートや新刊の小説をしじゅう届けるのですが、彼女は気のなさそうな口調で「ありがとう」というばかりです。唇は与えるがそれ以上は許しません。二人はレストランや劇場や音楽会に通って、人々の眼を集めます。二人とも際立った美貌なのです。この「私」が憎いほど、あざといほどの美男子だと、ブーニンは二度にわたって書いていますが、ブーニン自身写真で見ると戦前の映画俳優みたいな美男子なんです。

こんなふうに彼女は私と遊び廻ってくれるのですが、本当に私を愛しているのかよくわからない。彼女自身に私がよくつかめないところがあるのです。彼女は古代ルーシの年代記が好きで、ロシア正教の美々しい儀式に魅せられており、修道院を好んで訪ねるのです。宗教心というのでもないらしい。一種の美の世界をそこに見出しているらしい。遊び好き、贅沢好きの癖に、なにかこの世を超越しているところがあって、要するに謎めいているのです。そのうち聖月曜日がやってくる。聖月曜日というのは、大斎期に先立つカーニヴァル期間（マースレニツァ）が終った翌日の月曜日のことです。その日彼女は私を伴ってモスクワ芸術座の打上げパーティに出席し、そのあとに初めて夜中に私を部屋に入れて、一夜を共にしてくれたのです。

翌日、彼女はトヴェーリの父の許へ去り、二週間ほどのちに手紙が来ます。モスクワへはもう帰らない、これ以上自分を待ったり探したりしないでくれというのです。「私」は言いつけに従いました。二年間ほど絶望のうちに呑んだくれて過ごしたのです。一九一四年の大晦日、かつて彼女とその前を通ったことのあるマルタ・マリア修道院を訪ねると、教会堂の中から出て来た行列の中ほどに彼女がおりました。修道女になっていたのです。

この作品はブーニンのまたひとつのテーマを示しております。それは近づきがたいもの、求めても得られぬもの、謎めいたもの、拒むもの、断ち切るものとしての女性です。これは女性の崇高化、理想化というのとまた違うのです。女性はブーニンの全作品を通じて、はっきりした自我を持ち、それを貫く意志や決断力を備えた主体的な存在として描かれています。これはプーシキン、トルストイ、ツルゲーネフの伝統を彼が嗣いでいるということです。ですがブーニンの場合、女はとくに男が支配できない謎のように描かれる場合が多いのです。

日本のかつての文学世界では、女が描けてないと評されるとペシャンコになったものですが、その場合の女とは、天女の正体みたりオバタリアンみたいな認識をいうにすぎません。女とは若いとき思うような可憐なものでも清らかなものでもありませんよ、といった程度の認識なのです。ブーニンの描く女はそんなものじゃなくて、月や雲がそうであるような森羅万象の一端、宇宙論的でも神話的でもあるような存在としての女なのです。だから謎であり、男にはとらえがたいのです。『寒い秋』であの世で待っているという男はただそれだけのことです。その言葉に自分の一生の意味を見出した女がこわいのです、謎なのです。そういう男にはとらえがたい他者である（雲や月がそうであるように）からこそ、男は女にひかれるのです。日本文学ではかぐや姫の物語が唯一そういう女を描いています。『聖月曜日』はジェロームの恋慕を斥けたアリサを思い出させるかも知れませんが、『狭き門』とはまったく違う小説です。ジイドは宗教と戦っているのです。だが『聖月曜日』の彼女は果して宗教者になったのか甚だ疑問です。俗謡に「月は無情というけれど」とありますが、彼女は月のように無情であるにすぎません。「私」を愛さなかったわけではないことの証拠に、最後にからだを許してくれたのですから、まったく無情とはいえますまいが、それも結局は彼女の無情のつぐないなのですね。彼女は原初年代記や正教の儀式に何を見出したのでしょう。それは恋よりも確かな永遠だったのでしょうか。「彼女はこの世に瞬間的に開示されるにすぎぬ永遠を、常在のものとして引き寄せたかったのでしょうか。いずれにせよブーニンは、ここで忘れられぬ女性像のひとつを創造しています。

『ミーチャの恋』『芽生え』――森羅万象の一端としての女

実はブーニンは、この『聖月曜日』によく似たモチーフの作品をずっと前に書いているのです。一九二五年に発表された『ミーチャの恋』という中篇小説です。主人公はモスクワでカーチャという娘にぞっこん惚れこむのですが、彼女は演劇の世界での「自己実現」を求めていて、結局、私は悪い女です、でも芸術を捨てられないのですという手紙でミーチャを振り捨ててしまう。そこでミーチャはピストルで頭をぶち抜くというのが、この中篇の乱暴極まる要約ですが、これを『聖月曜日』と較べてみれば、作者がずいぶん成長していることがわかります。『聖月曜日』の青年は女から自分を探したりしないようにという手紙を受けとったあと、ピストルで頭をぶち抜いたりしません。ただ二年ほど飲んだくれただけです。また女も軽躁なカーチャとはずいぶん違って、深沈と自己否定的です。つまり謎としての女、拒むものとしての女の実質がずっと深まっております。

男にとって女が森羅万象の一端として立ち上ってくる瞬間を、ブーニンは『芽生え』というごく短い作品で描いています。これは俗にいうと中学生の〝春のめざめ〟を語っているのです。列車中でくつろいで寝につく女の寝顔寝姿を少年はまじまじと眺めます。母親と姉以外の女の寝姿を見るのはこれが初めてなのです。これで私の純真は喪われたなんて語り手に言わせているので、いかにも〝春のめざめ〟的なのですが、女の描写の仕方を見ると、そういう低俗な調子はまったくなくて、まさにこの世にはこういう存在があるのだという発見を描いているのだとわかります。月や樹木を初めて発見したとすれば、その時起こるであろうおどろきと感動に極めて似たことが起こっているのです。もちろん女の寝姿がこのように少年を感動させるというのは、彼の中に生理的な変化が生じたからこそですが、その俗にいう〝色気づく〟現象を、あくまで女という森羅万象の一端をなす存在への気づきといったふうに感じさせるのがブーニンの特異性だと思います。

なぜ女と恋ばかりを書いたのか？

亡命文学者ブーニンは、ソビエト権力に対する容赦ない批判者でした。その彼がなぜ最後は女と恋の話ばかり書いたのでしょうか。それは政治や社会的行動を至上の価値とするロシア・マルクス主義に対する、彼なりの反措定だと思います。ソビエト権力の拠って立つ唯物論・物質主義に対して、物質にとどまらぬ霊感に人を導いてくれるものとして、女と恋を描いたのだと思います。人間の生を理解し構築する仕方が君たちは間違っているよ、階級闘争とか社会主義の建設なんていうところに、人間の生の重心はありませんよ、女と恋をまともに見詰めてごらんなさい、重心のあり方は一変するはずだよと彼は言いたかったのだと思います。すなわち人間的であるとはどういうことか考えてもみずに、理想社会の建設なんて無理だよ、人間的であることは恋と女の考察抜きには不可能だよと言いたかったのだと思います。『アルセーニエフの生涯』によると、ブーニンは幼い頃、夜ベッドの中から窓の向こうに光る星を見て、あの星はぼくに何を告げているのだろうと考えたそうです。つまり彼は変転し移ろいゆく森羅万象の奥に、なにか永遠なるものを見出したいという欲求を子どものときから持っていた、そして大人になってもそれを失わなかった人なのです。女は彼にとって森羅万象の一端でありましたから、恋物語の中に永遠の相が一瞬ふっと貌を見せるように彼には思われたのだし、それを書きとどめることが、そんなものは観念論者のたわごとだとするソビエト・イデオロギーへの抵抗だと信じたのだと思います。

それとも深まる孤立の中で慰めだけがほしかったのでしょうか。彼は一九五三年十一月八日に死んでおりますから、スターリンの死は見ているのです。しかし戦後世界は冷戦期に入ったとはいうものの、ヨーロッパとくにフランスの左翼勢力は強力でありましたから、亡命ロシア人としては決して住み易い環境ではなかったはずです。もう政治や思想について発言はしたくない、ただ魅力的な女についてだけ書きたいという気持だったのでしょうか。それでも別に構わないと思います。彼の女の話はよくある遊治郎的通人的女性観察などではまったくなくて、神話的宇宙論的な輝きに彩られたユニークなものとして、私たちを覚醒へ誘ってくれるのですから。

第3講

チェーホフ『犬を連れた奥さん』を読む

チェーホフ、神西清訳『可愛い女・犬を連れた奥さん　他一篇』（岩波文庫、二〇〇四年）

チェーホフとブーニン

今夜はチェーホフをとりあげるわけですけれど、チェーホフ全般についてお話しするのじゃなくて、ブーニンの『日射病』という短篇と、『犬を連れた奥さん』を比較する形で話を進めたいと思います。

その前に、この二人の関係についてちょっと述べておきます。前回にお話ししましたように、ブーニンは晩年のチェーホフにとても気に入られて、家族の一員のように遇されておりました。彼は若い頃おどけた伊達者だったそうで、彼が来るとチェーホフはみるみる機嫌がよくなったといわれています。チェーホフは一八六〇年の生まれですから、ブーニンより十歳年長なのです。チェーホフはブーニンを作家としても高く評価していて、いまに大作家になるよと言っていたそうです。文壇でも、ブーニンは第二のチェーホフと評されていました。しかし、この二人は作風がかなり違うのでして、そのことは今夜申しあげるつもりです。ブーニンは晩年『チェーホフのこと』という本を書いています。これはチェーホフに関する重要文献のひとつで、その中にはブーニンが選んだチェーホフの傑作リストがありますが、さすがに的確なものです。

『日射病』はコピーでみなさんにお渡ししておいたので、読んで来てくださったものと思います。一九二六年に発表された作品です。『犬を連れた奥さん』は一八九九年に書かれています。このあとチェーホフは一九〇四年に死ぬまで、小説は四つしか書いていないのです。つまり小説としては最も後期に属するものということになります。

このふたつをなぜ一緒に読むか、もうおわかりでしょう。ふたつとも、かけがえのない女と出会ったという話なんですね。『日射病』では「全く新しい感情」を男は経験しますし、『犬を連れた奥さん』では「生まれてはじめて恋してしまった」と書かれていますね。両方とも女と別れたあとで、そのことがわかるのです。最初は遊びのつもりだったというのも共通しています。でも、そのあとが大いに違います。チェーホフの場合、男は女の住む町まで訪ねて行って、そこで改めて関係が始まる。ところがブーニンの場合、男は女の名も聞いていないから訪ねようがない。この違いは大変興味あるところで、今夜はじっくりそれを考えてみたいと思います。

『日射病』——天啓のように訪れる永遠

まず『日射病』を検討してみましょう。ヴォルガ河を遡る船に男女が乗っていて、ある船着場で男がここで降りましょうと誘う。食堂から甲板に出て来たとあるから、二人は食堂で偶然いっしょになり、お酒を飲んで気が合ったのでしょう。女は男の誘いにちょっとおどろくけれど、「それじゃお好きなように」と答える。度胸のいい女だとわかります。男の思惑はわかっている。女は黒海沿岸の保養地からの帰りで、その引き締まった小柄なからだは、小麦色に日焼けしているに違いないと思うと、男は「幸福と慄きに心臓が止まりそうに」なるのです。男は中尉とありますが、名は書いてありません。

馬車でホテルに着いて、ボーイが部屋のドアを閉めるが早いか、二人は「無我夢中で息が詰まるほどのキスをした」とあります。それはその後多くの歳月を経ても思い出されるほどで、男も女もそんな経験をしたのは、一生でこのとき限りだというのです。翌朝女は「五分で顔を洗って身支度をすませ」、名も明かさずに立ち去る。「気まずさはあっただろうか。いやほとんどなかった。あい変らず気取りがなく、朗らかで、今ではもう分別を取り戻していた」。

男はこの先もいっしょに船旅を続けるつもりだったが、女はだめという。あなたは次の船まで待って。そうしないと何もかも台なしになる。そんなの絶対にいや。私はあなたが思っているかもしれないような女じゃない。今度のようなことは一度もなかったし、この先もない。二人とも日射病にかかって、ぼうっとしていたのよ、というわけです。「中尉はいとも簡単に女に同意し」て、女を船着場まで送ります。「ホテルに戻るまでやはり心軽くのんき気な気分だった」のです。あきらかに彼はもうけものをした、上等なアヴァンチュールを楽しんだと思っていたのです。

ところがホテルに帰ると異変が起こりました。「そこにはまだ女の気配が充満している」のに、オーデコロンが匂い、女が飲み残したカップがあるのに、女はいない。突然、中尉は「なんとも言えぬ恋しさに胸が締めつけられた」のです。

女と二度と会えぬと思うと打ちのめされる思いです。「なんてこった。どうしたのだ。あの女の何が特別だというんだ。実際日射病みたいなものじゃないか。問題はあの女がいなくなった今、この辺鄙な土地で丸一日どうして過ごすかということだ」。ブーニンは「全く新しい感情」と書いています。つまり「突然の思いがけない恋」なのですが、中尉はそんなもの、たったさっきまで求めてはいなかったというのが重要な点です。求めていないどころか、そんな感情は今まで知らなかったのです。しかも、その感情を告げるべき相手は立ち去ってもういないのです。

中尉は「これからの私の人生は死ぬまで永遠にあなたのもの」と電報を打とうと思って郵便局へ行くのですが、女の住んでいる町の名は聞いて知っていたが、女の姓も名も聞いていなかったのです。何度もたずねたが、女は笑って答えなかったのでした。そんな電報打たれたらこの女の家庭は破滅ですから、女はかしこかったことになりますね。

ブーニンの作意は明白です。前回も確認したように、彼の作品は恋のさなかに突如として永遠が顔をのぞかせる瞬間があると語っておりました。これは日常のなかに非日常が闖入するといってもよろしいでしょう。しかし、永遠といい非日常といい、そんなものが永続するはずはないゆえに、ブーニンは必ずや死や別れによってその恋を打ち切るのです。この作品の場合、姓名を聞かなかったので二度と会うことができないという設定が、死とおなじ役割を果たしています。永遠を垣間見るような恋を日常で永続させるわけにはゆきません。それは不可能だとブーニンは言っている。彼が描きたいのは日常ではなく、天啓のように訪れた永遠の相、それが束の間日常に闖入する有様です。ブーニンは革命前のロシア文壇でリアリズム派に分類されておりましたが、彼が死んでも癒らないロマン派であることは明白です。女は一児の母親で、寝物語に中尉にそれを語っているのですが、亭主や家庭に不満があって、それで中尉と一夜を共にしたのではないようです。こんなことはこれまでになかったし、これからもないと言っているのですから。亭主を愛することができずに、中尉に惚れたのならアンナ・カレーニナです。この女は全然そんなのじゃありません。名を告げなかったのも、あとぐされがないようにするためです。この女は欲求不満を中尉でみたしたのではなくて、中尉と同様に、稲妻に瞬間照らし出されたのです。だから日射病にかかったと言っているので、自分で予想もしなかった瞬間に舞い降りられてしまったのです。この女は『聖月曜日』のヒロインに似ています。男からすれば本質的に謎であり、拒み断ち切る女であります。

「短篇の作法を無視した傑作」

チェーホフはブーニンとまったく違って日常を描く作家です。『犬を連れた奥さん』は男が初めて愛にめざめた点で『日射病』とおなじですが、これから先もずっと続いてゆく日常のなかで、思いを凝らし知恵を尽くして、なんとか二人の愛を紡いでゆこうとする点で、『日射病』とまったく違っております。

この作品については、ナボコフが『ロシア文学講義』でストーリーも含め、詳しく論じています。ナボコフという名も覚えてくださいね。この人はやはり亡命ロシア人作家ですが、一八九九年の生まれですから、チェーホフやブーニンよりずっと若い。すぐれた小説家ですが、日本では『ロリータ』という少女愛を描いた作品で有名になりました。ロリコンという言葉はご存知でしょう。これは『ロリータ』から生まれた言葉です。ナボコフはすぐれた批評家でもありまして、『ロシア文学講義』はアメリカのコーネル大学で行なった講義なのです。

ナボコフは『犬を連れた奥さん』を短篇の作法を無視した傑作と言っています。どこが無視しているのかは言っていませんが、それはおそらくこの小説は長篇であるべきものが短篇として書かれているという意味なんじゃないかと思います。短篇というのは、たとえ何年にもわたる出来事が述べられていたとしても、人生や人間のある断面をすぱっと切断して示すものなのです。人間性のある面について鮮やかなとり出し方をして見せるといったものです。つまり絵画の画面に似ておりまして、時間の持続、時の流れがドラマを前へ前へと推し進めてゆくといった要素がないのです。たとえばチェーホフの『可愛い女』は一人の女が何人も夫に死なれてゆく話ですから、時間の経過はあるわけですが、結婚するたびに女が夫に同化してしまうという話ですから、要するに一人の女の個性が描かれているだけです。トルストイはこれを名作として歎賞してやみませんでしたが、こういう「名作」は女ってこんなものですよとか、人間ってこんなものですよといった型を切り取っているわけで、時は流れておりません。従って事件や人間の展開がありません。モーパッサンやモームにこういう名作が多いのですが、私は少々うんざりです。チェーホフはモーパッサンを高く評価しておりまして、そこが古いなという気がします。『可愛い女』も古さを感じさせます。むかしの同人誌などにたむろしていた文学青年たちはこんなのが最高の文学だと思っていたのです。

ところが『犬を連れた奥さん』は形は短篇ながら、時に押されて展開してゆく人間のドラマがあるのです。持続的な生成の時が流れているのです。というのはこれは本来長篇になるべき小説だからです。それがなぜ短篇として書けたのかというと、チェーホフは物語の細部を埋めてゆくことをせず、二人が出会うヤルタの海岸、奥さんが住むC《エス》市、二人が忍び会うモスクワという三つの頂点だけとり出して、まるで映画のようにその三つをつないでいるからです。

『アンナ・カレーニナ』という大長篇小説とくらべてみましょう。ヒロインが夫を愛せないという点でこの二つの小説はよく似ています。アンナ・カレーニナの場合、夫は冷たい官僚ですし、「犬を連れた奥さん」つまりアンナ・セルゲーエヴナ（二人ともアンナです！）の場合、夫は下僕みたいに卑屈な役人です。トルストイは彼のアンナの家庭生活を長々と物語ったから長篇になったのだし、チェーホフだって、彼のアンナの家庭生活をトルストイみたいに描写し物語れば長篇にできたのです。二人のアンナの恋人との逢瀬にしても、トルストイはたっぷり物語るのに、チェーホフはモスクワで会うようになったと簡単も簡単。本来長篇で書くべき物語の流れがあるのに、チェーホフは三つ頂点を取り出して短篇にしちゃった。主人公のグーロフの家庭生活もほとんど描写はなく、さっと説明されるだけです。トルストイならこれだけで数十ページを費やすでしょう。そうするだけの中味があるに違いないからです。要するにこのふたつの小説を流れる実質的時間はおなじなのですよ。だって夫を愛せない妻がほかの男に真実の愛を見出して、その愛をどう稔らせるかという話ですからね。時間の長さはおなじ。それを長篇にしたトルストイは小説の常道に従っただけ。略筆をほどこし、映画みたいに山場をつないで短篇にしちゃったのはチェーホフの異能。ナボコフが短篇作法無視というのは、おそらくそういったことでしょう。

細部のリアリティ

さて、話を追ってゆきますと、グーロフという男がヤルタに保養に来ている。ヤルタは黒海沿岸の有名な保養地で、ここでスターリン、ルーズヴェルト、チャーチルが第二次大戦後の日本処理の相談をしましたから、あなた方も名前はよくご存知でしょう。このグーロフというのはモスクワの銀行に勤めていますが、大学は文学部出で、歌手になろうとしたこともあった。モスクワに家を二軒持っている。妻は知性自慢のギスギスした女で、グーロフはうんざりしています。この男で注目すべきなのは、女たちの中にいるとのびのびとなって、気楽に振舞えるということです。これは案外、チェーホフという人がそうだったのじゃないかという気がします。女からも好かれて、これまで関係をもった女がずいぶんいます。こじれてやりきれぬ状態を経験しても、喉元すぎれば何とやらで、またぞろ新しい女に気がひかれます。そういう男が、最近海岸通りに現われた犬を連れた奥さんに目をとめたのです。

その出会いの様子をチェーホフは、グーロフがそのスピッツをやさしく手招きし、寄って来たところで指を立てておどす、犬はうなる、そうすると奥さんが「咬みはしませんわ」と言う、といったふうに描いています。さすがですね。何も指を立てておどすことに意味があるわけじゃないけれど、これが「可愛い犬ですね」「ええ、名は××ですわ」なんてやっちゃうと月並みもいいところです。凡庸な作者と腕のある作者は、こういった細部のつくりかたで差がつくのです。つまりこういう描き方は細部に個性があるということです。リアリティといってもいい。二人で波止場へ行って、女はロルネット（柄つき眼鏡）をなくす。これも別に意味のあることじゃないんだけれど、こういったちょっとしたことを書きこむことで、類型を脱した現実感が出てくるのです。二人が関係ができてから、女は自分はあなたから尊敬されぬ女になったと嘆くのですが、そのとき男は西瓜を喰っている。男がモスクワへ帰ってから、女に対する思いが真剣になって、誰かに聞いてもらいたい。しかしグーロフが語り出すと、相手はよく聞いておらずにさっきたべたちょうざめの話をする。またグーロフがC《エス》市に彼女の家を訪ねてゆくと、あの犬が出てくる。呼ぼうとすると名が出てこない。そこでなら彼女に会えるのじゃないかというんで、劇場へ行くんですが、県知事のボックスを見ると知事の手だけがみえる。C《エス》市のホテルの部屋のインクスタンドには騎馬像がついていて、その首がもげている。こんな別に意味もないことをきちんと書くのがチェーホフで、そのために、わびしさなり切なさなりがせり上がってくるのですね。

大胆な省略と結末の凄み

この小説で肝心なのはやはり、男が最初遊びのつもりで始めたことが本気になったということです。アンナをヤルタの駅頭で見送ったとき、グーロフはこうしてまたひとつのアヴァンチュールが過ぎ去ったのだと思って「軽い悔恨」にとらわれるのですが、モスクワへ帰ってから、もと通り俗物的な社交生活に浸るうちに、忘れるどころか女の面影がますます強くなる。これまでになかったことで、つまり『日射病』の中尉とおなじ予期せぬ異変が起こったのです。すると、途端にこれまで楽しんできた社交生活が愚にもつかぬものに見えてくる。まるで精神病院か監獄にぶちこまれたようで、勤めにも行きたくない。そこで女の住むＣ市へ出かけてゆく。「芸者」というオペレッタを劇場でやっていて、初日だから彼女も来るだろうというので出かけてゆく。案の定アンナはやって来た。ちらと見ただけで胸がしめつけられ「いまの自分にとって世界中でこれほど親しい、いとしい、大事な人はいないのだということが痛いほどわかった」。「どこといって取柄のないこの女」がです。幕間に彼女に声をかけると、アンナは真青になって席を立つ。「それからふたりはもうでたらめに廊下や階段をのぼったり、おりたり」する。そして女は、私がモスクワへ行くから、今は帰ってくれと言う。

「こうしてアンナ・セルゲーエヴナは、彼に会いにモスクワへ来るようになった」とチェーホフは書く。すごい省筆で、こうして二、三カ月に一度もつようになった逢瀬に、ある朝グーロフが出かけてゆくところが最後の場面になります。女のいるホテルへ行くついでに中学生の娘を学校へ送って行く。大きな牡丹雪が降っている。プラス三度もあるのに雪が降るとか、どうして冬に雷は鳴らないかなど、娘と話しながら、グーロフはこうした表面に出ている公然の生活は虚偽で、ひそかに女に会いにゆく裏の生活が真実だとは、何と奇妙なことだろうと考えるのです。アンナと会うと、彼女は泣くだけです。この人は『日射病』の女とは違って、いじらしく、はかなげで、清らかなところのある女で、ひたすらグーロフを信じて頼り切っているのです。

チェーホフはグーロフが「この生命に憐れみを感じた」と書いています。女に対してただ「ひたすら誠実で、やさしくありたいと願うだけだった」と書いています。彼は髪も白くなりかけた今ごろになって、初めて心から恋をしたわけで、なんだかすっかり生まれ変わってしまったのです。しかし、どうすれば嘘をついて、人目を忍んで逢うような今の境遇から脱することができるのか。もうしばらくすれば解決の道が見つかり、新しい生活が始まるのではないか。幻想かも知れない。しかしチェーホフが「そしてふたりとも、決着までにはまだまだはるかに遠いこと、そしてなにより厄介な苦しいところへようやくさしかかったばかりだということがわかるのだった」と書いて筆を擱いたのは、ちょっと凄いと思います。

希望の人、チェーホフ

チェーホフは『六号室』とか『退屈な話』などが示すように絶望の作家のような

一面があります。この頃はこのチェーホフの一面をとらえて、意味喪失の作家とか、理念解体の作家といったポストモダニズム的な解釈が行なわれていますが、彼のそんな一面は何もポストモダニズムなどの流行思想によらずとも、すでにレオ・シェストフ（一八六六〜一九三八）が『虚無よりの創造』で指摘していたところで、この論文はすでに大正年間に辻潤が訳出しているのです。このシェストフという名前もおぼえておいてほしいですね。この人の『悲劇の哲学』という本は昭和十年代に日本で大変もてはやされて、「不安の文学」という流行語を生んだくらいです。

チェーホフはたしかに六〇年代七〇年代のロシアを支配したナロードニキ思想の破産をよく認識していた人で、思想とか世界観とか一貫した体系が人間を支配することに反感を持っておりました。この人は家族を養うために学生の頃から、アントーシャ・チェーホンテというペンネームで滑稽小説を大量に書いていたのでして、ちょうど日本で左翼思想が破産したあと、たとえば吉本ばななのような脱思想的な作家が出て来たのと、かなりよく似た状況の中で作家になったのです。

だから、私には世界観なんてないと誇らしげに放言していましたし、作品には閉塞した絶望的な気分が充満しています。しかし彼は一方では、世界観を持ちたいと真剣に語っているのです。暗い現実や絶望してしまった人間が描かれているのも、それから脱出したい一念からといってよろしいのです。つまりこの人は決して虚無的な人間ではなくて、社会を少しでもよくしたいと願っている、あえていえばとても前向きな人なのです。でなければサハリンへ旅したりしませんし、医師として防疫活動に献身するとか、学校を沢山建てるとか（それで勲章をもらっています）、そんな活動を本気でやるわけがありません。

チェーホフが最後に書いた小説は『いいなずけ』というのですが、これは田舎町で結婚相手のきまった娘が、平凡で俗悪な生活に埋れてゆくのがおそろしくなって、ペテルブルグへ脱出する話です。脱出して勉強したいというのです。「彼女の前途には、新しい、ひろびろとした、果てしない生活が思いえがかれて、その生活、まだはっきりしない神秘に満ちたその生活が、彼女を誘いかけてさし招くのだった」というのが結末です。これは晩年のドラマの『三人姉妹』で、何かそこへ行けば万事よくなるかのように、姉妹たちがモスクワへ、モスクワへと声を合わせるのと軌を一にしています。チェーホフは最後にこんな希望をちらつかせるようになっているのです。今日の私たちからすれば、こんな希望こそ幻影のように思えるのですが、ソビエト時代には、いつか新しい時代が来るだろうというこのチェーホフ最後の声は、ソビエト社会主義体制の到来を予告するものだなんて滑稽にも考えられておりました。

対照的なチェーホフとブーニン

さっき紹介した『犬を連れた奥さん』の結末は、こういったいつかもっとよき世界が来るだろうなどという、チェーホフの晩年のいくつかの作品に鳴り響いている、センチメンタルといってよいような声とはずいぶん異質だと思います。だって、二人にはこれから苦しい厄介な時期が来るのだと言っているのですから。でもこの方がずっと堅実で実りのある希望を内包した言葉だと思います。ブーニンが日常を断ち切って非日常を示すのに対して、チェーホフは闖入した非日常を日常に転化しようとしているのです。ブーニンが永遠を垣間見る瞬間を死や別れによって凝固させるのに対して、チェーホフは舞いおりた永遠＝真実を日常につなげてゆこうとしています。辛抱強い忍耐の一歩一歩なのです。これは詩人ブーニンに対して、チェーホフがやはり散文作家ということなのでしょう。文体もブーニンが帯電してキラキラ放射するような官能的な文体であるのに対して、チェーホフはあくまで平明で日常的です。

ブーニンには実は『犬を連れた奥さん』のように、短篇であるくせに長篇のような時の流れを感じさせる作品があるのです。『ナタリー』がそうです。これはある青年が従姉の家に滞在し、彼女と恋仲になるところから話が始まります。ところが、その家には従姉の友達のナタリー（フランス風の呼びかたで、本当はナターリヤなのでしょう）が泊まりに来ていて、これが絶世の美女なのです。男は従姉との恋を楽しみながら、ナタリーに魅かれてゆき、とうとう愛を告げてしまいます。ところがその夜、彼は従姉と抱きあっているところをナタリーに見られてしまうのです。

一年後、青年はナタリーが自分の親戚にあたる男と結婚したことを知ります。さらにその翌年、彼はとある舞踏会で、ナタリーが夫と踊っているところを見てしまいます。さらに一年後、その夫が死にます。親戚ですから葬儀に行かぬわけにはいきません。美しい未亡人におくやみを述べて別れただけでした。

主人公は大学を出たあと両親をなくしたので、村に住んで領地を経営するようになり、小間使いの女と関係を持ってしまいます。男の子が生まれたので正式に結婚しようとすると、女はそんなことをする必要はない、あなたはモスクワへ行って好きにお暮らしなさい、ただひとつ覚えておいて下さい、あなたに好きな人が出来て結婚しようとなされば、「私は迷わずこの子と一緒に身投げをします」と言うのです。これもブーニンらしいおそろしい女ですね。

男は外国へ遊びに行った帰り途に、以前従姉が「あなたはナタリーと死ぬまで続く恋をするでしょう」という冗談半分の予言をしたのを思い出し、その予言通りになったこと、「死ぬまでの恋」とは実在するのだと思うと、ナタリーを訪ねずにはいられなくなります。そして訪ねた結果、二人は結ばれてしまう。ナタリーは最初から彼を愛してくれていたというのです。男が結婚できない事情を説明しても女は平気です。「今またあなたは私のところへ戻ってきて、もうこれからはずっと一緒よ。ただ私たちあまり会えないかも知れないけれど――だって、あなたの秘密の妻である私が、誰の目にも明らかな愛人になれるかしら」。

この小説の作りは『犬を連れた奥さん』にとても似ています。十分長篇になるだけの時の流れを含みつつ、頂点をつなぐだけで短篇にしてしまっているのです。最初の従姉の家での滞在はかなりくわしく書かれていますが、あとは舞踏会、葬儀、村での召使との関係、再会と頂点だけひろって、さっと書いてある。これもなんだか映画の各場面を見ているようです。ですが、『犬を連れた奥さん』が最後にこれからも長く続いてゆく時間を予想させつつ終るのに対して、『ナタリー』は、あくまで時間が凝固する物語なのです。なぜなら「十二月に彼女はレマン湖の畔で早産のためにこの世を去った」という一行で閉じられているからです。再会したのは六月末ですから、半歳たらずで「死ぬまでの恋」は打ち切られたのです。この違いはチェーホフがあくまで現実的な希望を捨てなかったのに対して、亡命者ブーニンにはもはや現実的希望はなかったことから来ているように思われます。

チェーホフは『犬を連れた奥さん』を書いたとき、絶対『アンナ・カレーニナ』を意識していたと思います。同様にブーニンは『日射病』や『ナタリー』を書いたとき、『犬を連れた奥さん』のことを意識していたはずです。今夜はおなじようなモチーフにもとづいて出来上がった作品も、作者の世界のとらえかたによって、いかに異なった構造の作品になるか、ということを申しあげたつもりです。少々わかりにくかったでしょうか。

第4講　プーシキン『大尉の娘』を読む

プーシキン、神西清訳『大尉の娘』(岩波文庫、二〇〇六年)

トリックスター

今夜はプーシキンの『大尉の娘』についてお話しするのですが、それはこれがプーシキン屈指の名作、いや世界文学においても奇蹟のような名品であるからばかりではありません。『オネーギン』をとりあげたとき、どうもプーシキンの一面だけを強調して、真面目すぎるプーシキン像になってしまったようで気になっていました。プーシキンには別な一面、ふざけ好き、いたずら好きな妖精のような面がありま す。トリックスターといってよろしいかも知れない。トリックスターというのはネイティヴアメリカンズの神話に出てくるいたずら好きなキャラクターのことで、彼の悪ふざけによって停滞しがちな生に活気がよみがえるのです。『オネーギン』だって、ボタンの掛け違いから生ずる喜劇という一面があるのだし、現にこの作品が発表されたときにはそういう受けとりかたもあったのです。そういう遊び戯れる妖精といった彼の一面を味わうのに好適な作品という意味で、『大尉の娘』を読んでみたいのです。

シニャフスキーのプーシキン論

実はプーシキンのそういう一面を強調した本がありまして、著者はアンドレイ・シニャフスキー、タイトルは『プーシキンとの散歩』というのです。シニャフスキーといってもご存知ないでしょうが、この人は反ソ的な言論のかどで、ダニエルという人物とセットでソ連で裁判にかけられ、この裁判は当時国際的にも評判になったのです。ちょうどソ連も経済を初め万事下り坂のブレジネフ時代で、共産党支配に対する批判がサミズダートなどの形で噴出してくる。サミズダートというのはタイプの複写などの形で地下で流通した非合法出版物のことで、ダニエルとシニャフスキーは反ソ的なサミズダートに関わったというので一九六五年に逮捕され、翌年強制収容所にぶちこまれたのです。

シニャフスキーは一九二五年の生れで、モスクワ大学を出たあと世界文学研究所に勤務し、論文や小説を書き始めるのですが、一九五五年に書いた『社会主義リアリズムとは何か』は、当時のソビエト文学の根本命題を痛烈に批判するものでありましたし、小説も国内では発表せず、当時の東西対立でいえば西側で公刊されることになります。一九七一年に釈放されると、七三年にはフランスに亡命し、七五年に『プーシキンとの散歩』をロンドンで公刊、一九九七年にパリ近郊で死亡しています。この人について見のがせぬのは、父親がかつては社会革命党（エスエル）に属しており、一九五一年に逮捕されていることです。エスエルとはナロードニキの系譜をひき、レーニンの率いるボリシェヴィキと対立して、十月革命後弾圧された革命政党です。

『プーシキンとの散歩』は一九六六年から六八年にかけて、つまりシニャフスキーが強制収容所にほうりこまれていた時期に書かれているのです。これは画期的なプーシキン論でありまして、ロシア国民文学の創始者、あるいは批判的リアリズムの開拓者といったプーシキンの公式的イメージを全面的に無化し、プーシキンの本質は、何にでも鼻を突きこむ気楽さとこだわりのなさ、一言でいえば軽薄さにあると主張したのです。プーシキンには一生子どもらしさがついて廻った。あるときはトルコ人みたいだったし、あるときは会話の仕方までユダヤ人みたいだったという同時代人の証言を引きながら、何にでも変身できるプーシキンの軽さ、神出鬼没、さらには無目的性を強調し、プーシキンとは一個の空虚であり、フレスタ一コフだと主張したのですから、この本はソルジェニーツィンの激怒を買ってしまいました。

フレスターコフというのはゴーゴリの『監察官』の主人公です。このドラマは日本では『検察官』と訳されて来ましたが、これは不適訳でやっと最近『監察官』と正しく訳されるようになりました。都からある地方都市にやって来た青年が、政府から派遣されてきたお目付だと思いこまれてしまい、それをいいことにやりたい放題をやって風のように消え去るという話です。フレスターコフ自体は無責任な遊び人なのですが、この無責任男がつむじ風のように舞いこんできた結果、地方都市の虚飾にみちた上流社会がおのれのおろかしさを露呈するわけで、このようにいたずら好きの妖精がさっと通り過ぎたあとに残る木魂のような笑い声を、プーシキンの本質と認めたシニャフスキーの炯眼に私などは感服するばかりですが、ソルジェニーツィンはそれが気に入らなかった。

ソルジェニーツィンのシニャフスキー批判

ソルジェニーツィンのシニャフスキー批判は一九八三年の『ロシア・キリスト教運動通報』一三九号にのったのですが、日本で翻訳されているのかどうか私は知らないし、私には読む手立てもありません。この雑誌にはソルジェニーツィン以降、続々とシニャフスキー批判がのったそうですが、むろんそれも私は見ることができません。ただシニャフスキーは一九九二年に『心を読む』という反論を書いていて、それが『プーシキンとの散歩』の日本語訳本（群像社・二〇〇一年）にのっていますので、ソルジェニーツィンの批判がどういうものだったか、大体察することができます。

要するには彼の批判はシニャフスキーの「多元主義」に向けられているらしく、プーシキンは空虚だ、ふざけたお遊びだ、無目的だといったシニャフスキーの主張に挑発されたのには間違いありません。つまりソルジェニーツィンはシニャフスキーのプーシキン論に、ポストモダン的な相対主義をかぎつけて、これは看過できないと思ったらしいのです。ソルジェニーツィンはソビエト体制の批判者という点では、もともとシニャフスキーと同陣営にあるはずですが、彼は同時に西欧現代文化の強烈な批判者でもありますので、シニャフスキーが目的喪失とか空虚ということをさもよろしいことのように賞揚するのが我慢できなかったのでしょう。でも、これはソルジェニーツィンの読みが足りないのです。

シニャフスキーはそういうソルジェニーツィンの態度を「新しい単一思想の設営

者」と批判しています。わが国ではソルジェニーツィンのロシア正教への帰依はたいそう評判が悪くて、シニャフスキーの「多元主義」の方が同情を呼びそうです。でもこれはそう簡単に決着のつく問題ではないと私は思います。

プーシキンの軽さ

ですが、今夜はそういう大きな問題を問う場ではありませんので、『プーシキンとの散歩』批判においてソルジェニーツィンはやはり了見が狭いという私の判断だけを申し上げておきます。これはソルジェニーツィンに対する私の敬意と矛盾するものではありません。あのトルストイさえ、晩年の言説には了見の狭さがあり、しかもそれは彼の偉大さをいささかもそこなうものではありませんでした。偉大であったからこそ、了見が狭くなったのです。それにしても最近のわが国でのソルジェニーツィンへの冷遇ぶりは目に余るものがあります。晩年の大作『赤い車輪』はいまだに全訳されておりません。シニャフスキーはこの作品に深い関心を示していました。また彼は『イワン・デニーソヴィチの一日』が自分の文学の出発点だと語っています。

ソルジェニーツィンは了見が狭いというのは、シニャフスキーのねらいはプーシキンの軽さとか悪ふざけとか無目的性を指摘することを通じて、プーシキンにおける純粋芸術の志向をあぶり出すことにあったからです。プーシキンの「四方八方から押しつけられる重苦しい課題に対して独立を守りたいという気持」を強調し、彼によってもたらされた「それまでのロシア文学で聞いたことのない言論の自由」を指摘しつつ、プーシキンの窮極の課題を純粋芸術ととらえるとき、シニャフスキーはフロベールやマラルメにいまどきになってあこがれる、遅れてきた芸術至上主義者のように見えますが、実はそうではなく、この純粋芸術の四文字にはソ連芸術の偽りの目的性・思想性を拒否した先に浮かぶ現代における芸術存立の可能性への沈思がこめられていて、これはソルジェニーツィンの志向と決して異質ではないのです。

実は、亡命後ロシアへ帰って自殺した詩人、マリーナ・ツヴェターエワも、一九三七年パリで書いた論文で、次のように述べているのです。「プーシキンは一個の人間ではなく、多数の人間なのだ、そしてこの多義性こそが詩人なのだ。一人の人間には一つの魂しかないが、詩人には多くの魂がある。でなければ、詩人が万人を理解するはずがない。詩人は多魂である！　プーシキンの内部では彼の登場人物のすべてが生きていた、……であるとしたら、プーシキンから信念の選択などどうして望めよう。彼が忠実なのはただ一つしかない。自分の才能にである」。むろんこう述べたとき、彼女はスターリンの全体主義的体制に対して、詩人の根本的な非政治性を対置していたのです。

しかし、ここまでくると今夜の主題から脱線も甚だしいということになりましょう。とにかく私はプーシキンにおける軽やかな嬉戯的性格をはっきりとり出した点で、シニャフスキーに感謝したいのです。この人は実にプーシキンをよくとらえています。たとえば「ロシア的趣味とフランス的習性、常識と淡い夢想癖、上流社交界と、最高にして永遠のなにものかへの忠誠のあかしとして守られる田舎風といった、辻褄のあわないタチャーナの性格の間口の広さ」は、プーシキンの自己表現だという指摘ひとつとっても、実に秀抜な『オネーギン』論になっています。プーシキンがタチャーナにオネーギンと結ばれず、愛してもいない夫に操をたてる運命を与えたのは、彼女を自分のためにとっておきたかったからだという点に至っては、膝を打ちたくなります。「彼は女たちと同盟し、身内の人間」だったというのもまったく同感です。シニャフスキーのプーシキン論はまだその外にも秀抜なところが多々ありますが、これくらいにして先に進みましょう。

シニャフスキーのいうプーシキンの変転極まりない身軽さ、いたずら天使のような無償性を味わうには、いきなり『大尉の娘』にはいるよりは、『ベールキン物語』の中の二篇を紹介しておいた方がよいでしょう。これはプーシキンの三十歳のとき、すなわち一八三〇年に書かれたもので、五つの短篇から成っており、いずれもとび抜けた名作です。その中から『百姓令嬢』と『吹雪』の二篇を読んでみましょう。

『百姓令嬢』——見事に描かれたロシアのリアリティ

『百姓令嬢』は、最近都から帰って来た隣の地主の息子に好奇心を燃やした令嬢が、田舎娘に扮してその青年に近づくというお話です。これがマリヴォーの『愛と偶然の戯れ』にヒントを得た物語だというのは定説ですが、結果としてはマリヴォーとは味わいのまったく違った作品になっています。『愛と偶然の戯れ』は令嬢と女中、紳士と召使というふたつのカップルが、それぞれ身分を取り換えてお見合いをする。

その中で生じる喰い違いのおかしさがねらいで、社会批評的な機智も働いています。しかし、いくら変装しても上流は上流どうし、下司は下司どうしが具合がよろしいというのが結末で、その味わいはサロン的というか、まったくロココ的です。『百姓令嬢』はそれとは違って、ロシアの大地の野趣がむせ返っているのです。令嬢は女中に手伝わせて田舎娘に扮した自分を鏡に映して、こんなにかわいい自分は初めて見たと思うのですが、これはまさに変身のよろこびで、貴族の娘に百姓娘の姿が重なることによって、ひとつの現実の枠が突破され、かつてない美が出現したのです。隣の地主の息子がクラクラッと来たのは無理もありません。『愛と偶然の戯れ』には、こんな自分や世界が魔法にかかったように変貌する有様はまったく描かれておりません。

ここで私たちは思い出さないでしょうか、『戦争と平和』のナターシャがジプシー女と暮している伯父さんを訪ね、突然ロシアの百姓娘の踊りを始めるシーンを。トルストイは、この貴族の令嬢が誰も教えないのに、まるで本能に導かれるように農民の踊りを踊るシーンを、舌なめずりするように描いています。プーシキンの令嬢もいたずらによって地霊を呼び起こすのです。お話は田舎令嬢の思いつきによって生じる滑稽な波瀾がめでたしめでたしに収まる一部始終を語っているわけで、軽いといえばこの上なく軽いのですが、二人の地主の人柄と関係、令嬢の参謀役の女中、家庭教師に雇われておくれたロシアに死ぬほど退屈しているイギリス女など、さっとひと刷けで描かれて現われるロシアのリアリティのみごとさは、プーシキンの無償の戯れのもたらした成果というほかありません。

『吹雪』――運命のいたずら

『百姓令嬢』のほがらかなモーツァルト風に較べると『吹雪』はもっと不気味な調べを奏でています。しかも物語を成立させているのは、『百姓令嬢』の場合とおなじくいたずらで、ただしいたずらをするのは吹雪、つまり運命なのです。こっちはいくらかシューベルトの暗鬱なピアノソナタのような味わいがあります。

主人公はこれも田舎令嬢です。プーシキンは『百姓令嬢』の中で「読者諸君のうち田舎に住まわれたことのない方は、こうした田舎の令嬢というものがどんなに魅力ある存在であるかを、想像することも出来ないだろう！　清らかな大気を吸って、わが庭の林檎の樹かげで育てあげられた彼女たちは、世間や人生についての知識を書物から汲みとるのである。孤独、自由、それに読書という三つが、浮わついた都そだちの佳人麗姫の夢にも知らない感情や情熱を、早くから彼女らの胸にはぐくむのだ」と言っています。一読して『オネーギン』のタチャーナが想起されますが、『吹雪』のヒロインも「フランスの小説に仕込まれた娘」とされています。

彼女には恋人がいますが、賜暇を得て自分の村に帰って来ている地方師団づきの少尉補とありますから、貧しい小地主の息子なのでしょう。娘の両親はむろん、こんな貧乏人の息子と結婚を許すつもりはありません。何しろひとり娘で莫大な財産の相続人なのですから。思い余って二人は駆け落ちして、五キロばかり離れた隣村の教会で式を挙げてしまおうということになります。恋人のウラジーミルは友人の間で立合人になってくれる男も見つけ、約束の日が暮れると、信用のおける下男にトロイカでマリアを迎えに行かせ、自分は小橇で教会へ向かいます。ところが途中で大吹雪に逢って皆目方角を失い、散々迷った末にやっと着いたと思った村は、教会のある村から一〇キロも離れたところで、夜はもう明けかかっている。遅ればせに教会へ駆けつけてみると扉は閉まっています。彼のトロイカは影もかたちもありません。一方マリアはどうなったでしょう。プーシキンの凄いのは、マリアが女中を連れてトロイカに乗るところまで描いて、その後教会に着いたのかどうか一切触れず、翌朝、前夜から気分が悪いと言って自室に引きこんでいたマリアが、「だいぶよくなりました」と出て来て両親に挨拶するところを描いていることです。マリアは教会に着いたのか、着いたとすれば何があったのか、わかるのはこの小説の最後になってからです。

マリアは駆け落ちの前日から、両親を裏切って家を出てゆく悲しみに押しひしがれて半病人のようになっていたのですが、とうとう本当の病人になって床についてしまいます。その弱りようを見て両親は、未遂に終った駆け落ち事件など一切知らないのですから、ただウラジーミル恋しさに病気になったと思いこみ、それならいっそ許してやろうというので、ウラジーミルに招待の手紙を送ります。ところが彼からは「今では死ということがただ一つの残された望みであるこの不運な男のことは、よろしくお忘れを願いたい」という訳のわからぬ返事が来ました。これは一八一一年の暮のこと。翌一八一二年、ウラジーミルはボロジノの戦いで負傷して結局死んでしまいます。このボロジノの戦いは『戦争と平和』をお読みの方はよくご承知のことでしょう。トルストイは形の上では勝ったような形になったナポレオンが、実はこの戦いで致命的なダメージを受けたのだと主張しています。

マリアには求婚者が群がりますが、彼女はウラジーミルの面影を心に抱いて、一向応ずる気配がありません。ところが遂に彼女の前に、一八一二年戦争の凱旋将校のひとり、驃騎兵大佐ブールミンなる青年が現われて彼女の心をとらえたらしいのです。彼は「土地の令嬢たちの言い草を借りれば『すてきな顔の蒼白さ』の持ち主」なのでした。蒼ざめた顔がすてきだというのは、『百姓令嬢』においても、地主の息子についてなされた評判で、つまり当時流行のバイロン風なのですね。オネーギンがそのタイプで、それでタチャーナの心が騒いだことも思い出していただきたい。

ブールミンがマリアに魅せられているのは、そしてまたマリアにもそれに応える心があることは周りの眼にも明らかなのですが、ブールミンは自分から何も言い出そうとしない。マリアはじっと彼の告白を待っています。しかし遂にその日が来て、ブールミンは庭でマリアの前に立ちます。「最初の挨拶が一わたり済むと、マリア・ガヴリーロヴナは話のつぎ穂をわざわざ断ちきってしまった、こうしてお互いの気まずい気持をつよめて、それを抜け出すにはもはや、唐突なきっぱりした愛の告白のほかには途がないように仕向けたのである」とプーシキンは書いています。これもみごとな書きぶりで、マリアはもう昔の可憐なおぼこ娘ではないわけです。

ブールミンは型通り「ぼくはあなたを愛しています」と告げるのですが、そのあとの科白が意外で、しかし自分には求婚の資格がない、実は妻がいる、しかもその妻はどこの誰やらわからないのだというのです。さてその訳といえば、一八一二年の初めのこと、自分の連隊の駐屯地をめざすうち大吹雪に逢ったと彼は語り始めますが、これはプーシキンのミスで一八一一年の暮でなければなりません。吹雪に迷っているうちに教会前に出た。教会の扉はあけ放たれ、人影が右往左往している。「冗談じゃないぜ、いったいどこをほっつき回っていたんだ。花嫁は気絶あそばして、大騒ぎだぜ」と声がかかる。教会へ入っていくと、司祭が「では始めてもよろしいかな」と言う。思わず「お始め下さい」と答え「われながら訳のわからぬ、赦すべからざる軽はずみですが……とにかく僕はその少女に寄り添って、説教壇の前に立った次第なんです」。式がすんで司祭にうながされて接吻する段になって、彼女は「あの方じゃないわ」と叫んで気を失う。自分は会堂をとび出して、橇に乗りこんで「さあ、出せ」と怒鳴ったというのです。

この話を聞いてマリアが「まあ、ほんとうに！　ではあなたは、そのお気の毒なあなたの奥様がどうなったかご存じでありませんの」と尋ねる。ブールミンが「知らないのです。式を挙げた村の名も知らない始末です」と答え、マリアが「それではあなたでしたのね！　で、このわたくしがおわかりでありませんの」と応ずるや、「ブールミンはさっと蒼ざめると、そのまま彼女の足もとへ身を投げ伏せた」。これがこの短篇の最後の行で、みごとな終り方と言ってよいでしょう。

ことの真相は最後まで伏せられていて、ウラジーミルがどうして自分のことを今では死が唯一の望みである不運な男と呼んだのかやっと氷解します。彼は司祭から事の次第を知らされたのです。またマリアが病床についてあわや死にそうになった訳もここに来て氷解します。彼女は見も知らぬ男と結婚してしまい、いまやウラジーミルと結婚できぬ身となって、その彼を死なせてしまうという運命に三年間耐えて来たのです。

この短篇は考えようによってはあまりに仕組まれていて、とくにブールミンがマリアと知らずして偶然再会する段どりなど不自然という評を免れぬかもしれません。しかし、読み終えてそんな不自然さや作為をいささかも感じさせないのが、プーシキンの凄腕だと思います。むしろ私たちは運命のいたずらに深い感銘を受けます。この吹雪の形をとって現われた運命は関係人物たちをあざ笑っているのでしょうか、それとも彼らに慈悲の光を投げかけているのでしょうか。それは謎といってよろしく、運命はまさにモーツァルトを訪れた「死」のようにぞっとする不可解さをたたえています。映画では死の仮面をかぶってモーツァルトを脅かしたのはサリエーリとなっていましたが、プーシキンは『モーツァルトとサリエーリ』というドラマも書いているのです。

シニャフスキーは『吹雪』について「人間の情欲と意図の吹雪の暗がりにまぎれて運命が、隔てたり、結びつけたりしながら、自分自身の気ままに創りだす生活の螺旋を彫り上げてゆく凄腕に驚嘆させられる。プーシキンの多くの作品について、なんのためで、なんの話なのかいいにくいのは、策略家の運命がまるく納めるという以外、なんのためとも、なんの話ともいいようがないからだ」と言っていますが、なるほどそうも言いたくなりますね。しかし私は、謎のような運命の働きの不気味さを感じさせつつ、結局は出会うべきものが出会ったという結末をつけるところに、プーシキンの世界との和解、世界への信頼が見出せると考えたい。シニャフスキーも「花婿と花嫁をとり違えたのももっぱら、彼らが結局道に迷って、探していたのと違うところで、望んでいたのと違う手立てで、お互いを見つけ出し、愛し合うためである」と言っているのですから、私とそう違ったことを考えているのではないようです。しかし、アンナとブールミンの奇しき出会いには、ウラジーミルという悲痛な犠牲が伴っています。これも世界の相貌の一面で、プーシキンはしっかりそれを見据えていると思います。

プガチョーフの反乱

プーシキンが一筋縄ではゆかぬ多面的な創造者であることは、『ベールキン物語』の二篇でもおわかりと思います。実は今夜とりあげる『大尉の娘』も、表面はわかりやすい牧歌的な相貌をとりながら、一筋縄ではゆかぬ含意を示す作品です。これは読んで非常に楽しい作品で、私は十代以来何度読み返したかわからないのですが、実は何のためとも何の話とも言いようのないところのある作品です。そこから、この小説を単純に古風なただのお話と錯覚する読みかたも生じるのだと思います。

さて、これはプガチョーフの乱を扱った小説です。プガチョーフの乱はヤイク河からヴォルガ河にかけて、一七七三年から翌年にかけて起った農民反乱で、ツアーリズムから圧迫を蒙ってきたヤイクコサックやバシュキル人、カルムイク人などが、農民や工場労働者を巻きこんで、政府軍と戦って度々これを破り、一時はモスクワを目指す勢いでありました。ヤイク河はカスピ海に流れこむ大河で、反乱後ウラル河と改称されます。前世紀にはヴォルガ流域でスチェンカ・ラージンの大反乱が起ったことをご承知と思いますが、このふたつはいずれもコサックが反抗の立役者という点で共通しております。プガチョーフはドン・コサックの出身で、七年戦争や露土戦争に従軍し、戦功によって将校にまで昇進するのですが、結局は反抗的態度から投獄され、脱獄後は各地を放浪しつつ、ついにヤイクコサックに投じてピョートル三世を名乗るに至りました。

ピョートル三世とはエカチェリーナ二世の夫です。短い治世のあと、そのプロシャびいきを近衛将校に忌まれて、妃のエカチェリーナをかついだ彼らのクーデターによって帝位を追われ、エカチェリーナの情夫オルロフに殺されました。つまりドイツから妃に迎えられたエカチェリーナは夫を殺して帝位に就いたわけですが、民衆間にはピョートルは民衆を解放しようとして廃位されたが、実は生きて身をかくしているのだという伝説がひろまっていて、プガチョーフはそれを利用してピョートル三世を僭称したのです。この僭称者は一七、八世紀のロシアの特異現象でありまして、一八世紀には三十八人の偽ツァーリが現われ、一七世紀を含めると五十人を超すといわれています。特に一七六四年から九七年まで二十四名を数えており、そのほとんどがピョートル三世を名乗ったそうです。エカチェリーナのあとを襲ったのはピョートルとエカチェリーナの子パーヴェル一世ですが、即位したとき側近に父上は生きておられるのかと問うたといいますから、彼も半信半疑だったらしいのです。パーヴェルは母親を愛さず、エカチェリーナも彼を嫌っておりました。プガチョーフはむろんピョートル三世を偽っているわけですが、ときには自己暗示に陥ることがあったらしく、パーヴェル皇太子の肖像画を見たときわが子よと言って泣いたそうです。

プーシキンはかねてプガチョーフの乱に関心を持っていたのですが、一八三三年になって帝室所蔵の資料の閲読を許され、その年には現地調査も試みています。その成果のひとつが三四年に出版された『プガチョーフ反乱史』で、もうひとつが

『大尉の娘』になるわけですが、この小説はプガチョーフの反乱に一味したロシア貴族がいたという話を聞いたことから構想されたのです。それはシヴァンヴィチという将校で、反乱軍に助命されたあと、プガチョーフの文書起草者として働き、シベリアへ追放されています。本来はもっと重刑に処せられるところでしたが、エカチェリーナが父親の嘆願を容れて追放刑にとどめたといわれています。三三年のプランでは、プーシキンはこのシヴァンヴィチを主人公とする物語を書こうと思い立ったのです。しかし、そのプランは結局放棄されてグリニョフという青年が主人公として出現し、シヴァンヴィチはその敵役のシヴァーブリンとして形をとどめることになります。『大尉の娘』が完成されて、雑誌『同時代人《ソヴレメンニク》』に掲載されたのは一八三六年、すなわち作者の死の前年です。

家庭生活を通して歴史を描く

『大尉の娘』が年来のプガチョーフに対する関心にもとづく小説であるのは明らかですが、ここで注意すべきなのはプーシキンがプガチョーフとその反乱を正面から描こうとしなかったことです。つまり彼はこれを歴史小説として書こうとはしなかった。これはゴーゴリの『タラス・ブーリバ』と較べてみれば歴然としていて、ゴーゴリがコサックの内部に視点を設定して、対ポーランド戦争を描いているのに対して、プーシキンは一ロシア将校が反乱にまきこまれるという形でプガチョーフとその叛徒をあくまで外から眺めております。『タラス・ブーリバ』ではコサックの生態がいかにも生き生きと描かれ、戦闘場面も絢爛たる絵巻物風ですが、一言でいうとそれらしいだけで通俗である。プーシキンはなぜプガチョーフの乱をそのような絵巻物風に描かずに、青年貴族ピョートル・グリニョフの家庭生活と、その勤務先のミローノフ一家の家庭生活の物語に仕上げたのでしょうか。

歴史的事件を家庭生活を通して物語る手法はウォルター・スコットの発明するところだといわれています。たとえば彼の小説第一作である『ウェイヴァリー』は、イングランドの青年貴族がスコットランドのハイランド地方を訪れ、たまたま一七四五年のジャコバイト反乱に巻きこまれてしまう物語です。つまりスコットはジャコバイトの反乱を描くのに、それ自体を歴史小説に仕立てずに、ある家庭の物語が反乱という歴史的事件に交叉するという形でお話を作っています。これは『大尉の娘』の手法とよく似ており、プーシキンがこのスコットの新工夫に示唆を得たのは間違いのないところでしょう。訳者の神西清さんによれば、「スコットの小説の主な魅力は、私たちを昔に親しませるのに、……家庭的な仕方でやるところにあるのだ」とプーシキン自身が述べているそうです。

だが、ある家族の物語を通して歴史的事件を描くというスコットの手法は、それほど自覚的なものではなかったように思われます。彼の代表作である『アイヴァンホー』にせよ『ケニルワースの城』にせよ、家庭生活というミクロコスモスを通して歴史的事件というマクロコスモスを描くという方法がとられているわけではなく、そういう方法的自覚は、むしろ乏しいように見受けられます。ところが、プーシキンの場合、ピョートル青年の地方勤務という一家族の物語を通してプガチョーフの乱を描くという方法は、相当に自覚的なものです。ピョートルの眼を通して現出するプガチョーフの乱は、悪夢のように断片的であり一面的でありますが、プーシキンは意識してそれを断片的一面的なものとして描き出しているように感じられます。彼はなぜそんな描出の方法をとったのでしょうか。それは、個人にとって歴史的事件というものは全体像としては現われず、必ずや悪夢のような断片の継起として経験されるということを、プーシキンが強く自覚していたからだと思います。

これは歴史的事件を、ひとつの家族に属している個人の眼を通して、いわば下から描き出すという方法であり、歴史的事件なるものを企み作り出してゆく側から見るのではなく、あくまでそれと否応なく接触し、いわばそれに巻きこまれてゆく個人から見るという自覚に関わっています。そしてその個人は、プーシキンの時代にあっては家庭を営む存在である。ひとり社会からも家庭からも離れて自尊の途をゆくロマンティックな擬英雄ではない。つまりオネーギンからグリニョフに到る途が、プーシキンがたどった最後の途だったのです。そして、その途をひき継いだのが『戦争と平和』におけるトルストイです。トルストイはナポレオンのロシア侵入という歴史的事件を、まったく『大尉の娘』的方法で描いているのです。大河小説というべき『戦争と平和』が、かの妖精のようだったナターシャが小ぶとりのお母さんになって、ウンチのついたおむつを掲げるシーンで終っていることの意味を、私たちは深く考えさせられます。

人間の尊厳の在処

プーシキンはプガチョーフの乱については相当深く研究し、本も一冊書いているのですから、プガチョーフの生い立ちや、ヤイクコサックの当時の状況など、反乱の前史から筆を起して、反乱の全般的な経過や、入れ替わり立ち替わり登場する政府軍の将軍たちの個性やら、プガチョーフ軍の内情やらを物語風に描き出すことは易々たるものだったはずです。しかし、そんな歴史小説の常套を襲わずに、グリニョフ青年が反乱に巻きこまれた経緯だけに筆を絞ったのは、プーシキンが歴史的事件それ自体ではなく、ひとは歴史的事件に遭遇する際にどう処するかという、個人の操守に関心があったからだと思います。世界史的な大事件に対して、われわれ個人はまったく無力です。しかし、それと出会う際にどういう態度をもってするかということはわれわれの自由です。そこにわれわれの矜持と生きかたが表われるのです。

私が言っているのは、グリニョフやミローノフ大尉がエカチェリーナ二世に対する忠誠義務を守ったということではありません。彼らは小説の中では忠誠義務を強く意識していますが、それはその時代の貴族として当然のことだとプーシキンが考えて、彼らにそうさせただけのことです。特に意味のあることではなく、時代に規定された人間として、そうあるほかなかった一種の自然態としてとらえているだけで、逆にプガチョーフとその一味も、その立場に置かれたら反乱せざるをえない、そうして当然だなあという、これも一種の自然態としてとらえられています。プーシキンには反徒に対する憎しみはありません。作中、反徒たちが行なった悪行、生み出された混乱と破壊は言及されていますが、『プガチョーフ反乱史』の中に「下層民は全部、プガチョーフに従った。僧職者も、司祭や修道士ばかりでなく、管長や府主教まで、彼に好意的だった、貴族階級だけがはっきりと政府側だった」とあるように、プーシキンは事態を突き放して偏見なく理解しようとしています。

私が言う操守とは、事件に巻きこまれる中でピョートル青年がとろうとしている誠実さです。彼は「大尉の娘」すなわちマリアを救い出すために、プガチョーフの好意に頼らざるを得ないのですが、その際決して不本意な、あとでおのれを恥じねばならぬ言動に陥らぬよう一線を守っています。ピョートルの操守とは結局、彼が老年になって、彼の手記ということになっているこの物語を孫に与えた際に添えた教訓、「善良と気位《しんせつ》」ということになるでしょう。それはまたピョートル青年の出発の際に、父親が贈ったことわざ「若いうちから名は惜しめ」ということになりましょう。

反乱に巻きこまれる中で、ピョートルの操守はマリアを護り通すという一点にかかって来ます。そのためにはプガチョーフとの関係が最大問題であって、この小説は要するにピョートルとプガチョーフの関係を焦点としているといえます。そしてこの二人を結んでいるのが「善良《しんせつ》と気位」なのです。ペロゴールスク要塞陥落の際、ピョートルが助命されたのはむろん兎の皮衣一件によります。ペロゴールスク要塞めがけて馬車をとばしてゆくうちに、吹雪に遭って途がわからなくなったとき、吹雪の中から現れた正体不明の男に導かれて、やっと宿に着くわけですが、ピョートルはその働きにむくいるために、自分が着こんでいた兎の皮衣を脱いでその男に与えるのです。その男が実はプガチョーフで、彼はピョートルの示した「善良《しんせつ》」を決して軽くは受けとらなかったのです。つまり彼はこのまだ十八そこらの将校の気っ風のよさ、善意というものをしっかりと見とったのです、これはそれまでの彼の苦難と波瀾の半生が培った人間を見る眼です。ピョートルが従者のサヴェーリイチの大反対にも拘わらず、鷹揚に皮衣を脱いで与えたのは、恩を受けて酬いないではすまさない「気位」でもあります。この善意に対してのちにプガチョーフが数々の好意で返したのは、これも彼の「善良《しんせつ》と気位」です。反乱の首魁と政府軍将校という対立する人間の間に成り立った「善良《しんせつ》と気位」による結びつきを描いた点で、『大尉の娘』は世界文学の中で比類の少ない高みに立っているのです。

身分を超えた人間的共感

『大尉の娘』という小説は実によく出来ていて、ピョートルとプガチョーフの出会いの前に、ピョートルが撞球でズーリン大尉から百ルーブリ巻き上げられる挿話が出てくるのは、この話がなければ、ピョートルはプガチョーフに皮衣を与えることにはならなかったからです。すなわち、ズーリンに払うべき百ルーブリを家老格のサヴェーリイチに無理に支出してもらったので、ピョートルはプガチョーフに最初は半ルーブリというお金でお礼しようと思ったのにサヴェーリイチに反対されて、今度は無理を通すわけにゆかず、そんならというので自分の皮衣を脱いだのです。つまりズーリン一件がなければ、プガチョーフに皮衣を与えることにはならず、従って要塞陥落の日にピョートルはミローノフ大尉らといっしょに首をくくられていたわけで、そもそもこの物語は成り立たないことになります。プガチョーフにしても、着ていた皮衣を脱いで自分に与えてくれたという意気に感じたわけで、これが半ルーブリもらっただけなら、大して恩義を覚えることにはならなかったでしょう。ズーリンがピョートルから百ルーブリ巻きあげたからこそ、この物語は成立したのであって、その構成の緻密さには舌を巻かぬわけにはゆきません。

ピョートルとプガチョーフとの間に生じる一種の人間的共感は、貴族とコサック農民という社会階層の違いを越えたものです。粗野で得体の知れぬ大胆さをもった流浪のコサックとして登場するプガチョーフに、サヴェーリイチは当然しかるべき不信感を持ちます。何かよからぬことをたくらんでいると感づくのです。ところがピョートルは、これは世間知らずのお坊ちゃんということもありますが、吹雪から脱け出させてくれたお礼をしたいという一心があるばかりで、正体不明のこのコサックにまったく警戒の念を持たない。相手をまっとうに人間として扱おうとしているのです。プガチョーフは正当に人間として扱われたことが嬉しかったでしょう。

このあと反乱が始まり、ピョートルはプガチョーフと再会することになりますが、プガチョーフの方はこの貴族の小倅がなかなか気っ風のいい奴で、おれを一個の人間として扱ってくれたという一点をずっと忘れていません。忘れぬどころか、皇帝を僭称している自分が彼にどうみえるかという、可憐といってよいような虚栄心さえ彼に示します。要するに、ピョートルにおれは決して悪い奴じゃないんだよと、わかってもらいたいのです。一方ピョートルはこの僭称者の悲惨な将来を予感して、何ともいえぬ憐れみを覚えます。それとともに、プガチョーフの不敵な反抗心に畏怖の念さえ抱くのです。

プガチョーフが仲間と合唱する盗賊の唄、百姓の小倅出の盗賊に対して正教の帝が「あっぱれ、よくも盗んだ。褒美に絞首台を遣わそう」と告げるこの暗い唄にみなぎる反抗の情念、プガチョーフが語る鷲とカラスの寓話、「三百年も腐った肉を喰うよりも、一度でも生き血を吸った方がました。あとは野となれ山となれさ」と鷲がカラスに語ったという、カルムイク人の婆さんからプガチョーフが聞いた話にやどされた被抑圧民の暗い情熱に、ピョートルは明らかに畏怖に近い感情を抱いています。

西欧かぶれのインテリではない

ピョートルは啓蒙思想にかぶれたインテリじゃありません。フランス人の家庭教師が傭われる前はサヴェーリイチに読み書きを習ったのです。このサヴェーリイチは猟僕とありますから、かねては猟犬を管理し、主人が猟に出る時は勢子を統率する役目の、いわば他の下男たちとは格のちがう従者なのでしょうが、大した学があるわけじゃありませんから、ピョートルはろくに教育は受けておりません。フランス人教師というのも、もとは理髪屋でプロシャで兵隊をしていたというからには無学な男だったに違いなく、ピョートルに仕込んだのはサヴェーリイチが嘆くようにフェンシングくらいのもの。この「物言う花」とロシアの浸し酒が大好きなモッスー、モッスーというのはムッシューのなまりで、サヴェーリイチはこれを蔑称として使うのですが、このモッスーの肖像は一刷毛で描かれたみごとな出来栄えで、女中たちの愁訴を受けたピョートルの父が激怒してピョートルの部屋に乗りこむと、授業を受けているはずのピョートルが地図で凧を作っており、モッスーは酔っぱらって大いびきというシーンは、おかしくも見事で忘れられません。とにかく、ピョートルはモッスーが追い出されたあと、一七歳になるまで召使の小倅たちとかえる跳びをして遊び暮していたのです。ですから、ピョートルの心情はサヴェーリイチを初めロシアの農奴たちの中で形作られたといってよろしく、プガチョーフに対するピョートルのシンパシーの基礎には、このような農奴たちに育てられた彼の少年時代が存在することを忘れてはなりません。なお、サヴェーリイチは作中生彩を放っている人物で、このグリニョフ家の家老格の従僕にはイワンとか何とか名があったはずですが、サヴェーリイチと父称で呼ばれているのは、彼がグリニョフ家で一種の敬意と愛情をもって遇されている証拠です。人を父称だけで呼ぶのは、かのレーニンがイリイチと呼ばれたのでわかるように、親愛と敬意の表現なのです。

プガチョーフはピョートルに対して、自分の窮境についてさえひそかに打ち明けています。「おれの行く道は狭くってな。存外自由がきかんのだ。手下はへりくつを並べるやつらだ。……何しろいったん負け戦になったら最後、やつらはおれの首で自分の首をあがなうにきまっているからな」。「おれの道は幅が狭い」というのはプーシキンの創作ではなく、彼が調査で採録したプガチョーフ自身の言葉なのです。

「ヤイク・コサックたちは、しばしばプガチョーフの許可なしに行動し、ときとしては彼の意に反することもあった。かれらはプガチョーフに、うわべでは敬意をはらい、民衆のいる前では、帽子もかぶらず平身叩頭した。ところが相対になると同僚あつかいで、いっしょに酔っぱらい、彼の前で帽子もかぶるし、シャツ一枚になって舟曳唄をうたいまくった」とプーシキンは『プガチョーフ反乱史』の中に書いていますが、こういうプガチョーフとコサックたちの関係は『大尉の娘』の中でも、捕えられたピョートルの処置をめぐって議論するプガチョーフとその幕僚たちの無礼講的な一夜が明けた朝、「昨日お相手をしていた連中が彼を囲んで、へりくだった様子を取り繕っていたが、それは私が昨夜見かけたありさまとはおよそ似てもつかないものだった」というふうに、ちゃんと描きこまれています。

兎の皮衣のいたずら

ところで、『大尉の娘』という小説の最大の魅力が、プガチョーフという大反乱の頭目とピョートルという一七、八の貴族の若者との間に成立した心の通い合いにあるとしても、この魅力は何といっても、その通い合いをとりもったのが兎の皮衣だったという滑稽な事実によるところが大きいのです。「すべてが偶然を、うさぎの毛皮外套をめぐって動く」とシニャフスキーは言っていますが、まさにその通りです。

この皮衣はピョートルが軍務につくべくわが家を初めて離れるときから、「そこで私は兎の皮衣を着せられ、そのうえから狐の外套をすっぽりとかぶされ」といった風に出てきます。その時は何の気もなく読み過ごすのですが、そもそもこの皮衣が兎さんの皮で出来ているというのにも、プーシキンの作意がこめられているようです。というのは兎というのはいたずらものの感じがしますし、またその毛皮も狐の毛皮にくらべると安っぽい感じがします。要塞陥落後、ピョートルの持ち物は反徒にすべて掠奪されてしまいますが、その損害額の弁償をサヴェーリイチがプガチョーフに要求する滑稽な場面において、兎の皮衣は十五ルーブリと査定されています。一方狐毛皮外套の方は四十ルーブリです。その兎の皮衣をもらったとき、プガチョーフはすぐに寸法を計ってから着こむのですが、その動作にもこの贈物をよろこぶ気持が現れておりました。寸法が合わなくて縫目が裂ける音がして、サヴェーリイチが目を剝くのも何ともいえぬおかしみです。さて、サヴェーリイチが「旅籠にて御用立て申したる品」として皮衣の代金を数えあげたのに対して、今や偽皇帝となりおおせているプガチョーフが「それまで書きおったか！」と怒鳴るのも落語まがいのおかしさで、何だかこの兎の皮衣といういたずらものが、野原を駆け廻る兎さんそっくりに、ドラマをどんどん進行させているような気さえして来ます。

上等な落語のような笑い

この小説にはそれこそ上等な落語といいたいような笑いが、始めから終りまで仕掛けられています。グリニョフ家におけるピョートルの少年時代は、モッスーなるフランス人教師の行状、さらに彼に対するサヴェーリイチの敵意という滑稽なアネクドートによって飾られているだけではありません。ピョートルの父というのが、質朴な倫理感覚を堅持するまっとうな人間でありながら、『宮中年鑑』が新しく送られて来ると、それに夢中になって、「あいつが中将か。ふん、おれの中隊で軍曹だったのにな」と不機嫌に当り散らすという滑稽な癖の持ち主で、それを承知の夫人が主人の目につかぬところに年鑑を突っこんでおくというのもお笑いです。父親がそろそろピョートルを軍務につかせねばと思いついたときの夫婦のやりとりも落語です。ピョートルは当時の貴族社会のならわし通り、生れるとすぐ首都の連隊に軍曹として登録されているので、母親はてっきりそのセミョーノフ連隊へ勤務にやるのだと思って、手紙を書こうとしている夫に「あなた、B公爵によろしく目をかけて下さるようお願いしてね」というと、夫は「ばかなことを言うな！　いったい何の用があってB公爵なんぞに手紙を出すんだ」、「だってあなた、ペトルーシャの長官へお書きになるとおっしゃったではありませんか」、「なるほど、それがどうしたい」と問答が続いて、父親はピョートルをペテルブルグへやってのらくら者にする気など全くなく、辺境勤務をさせるつもりだとわかるのですが、この落語的問答を通じて二人の人物像がくっきりと浮かび上ってきます。

ピョートルが旅の途中出会って、百ルーブリ巻き上げられるズーリンという大尉も傑作です。これはいいカモが舞いこんだというので、軍隊勤務のこつなど教えながらビリヤードへ誘いこみ、ちゃっかり百ルーブリ勝って、いまは現金の持ち合わせがないと断わるピョートルに、いいからいいからと鷹揚ぶってみせ、ジプシー女のところへ連れて行ってぐでんぐでんに酔っぱらわせる。翌朝には早速百ルーブリの請求書がとどいて、サヴェーリイチ老狂乱の一幕となるのですが、このズーリンという男、別に悪気があるのではなく、若い後輩に洗礼を施したくらいの気なのでしょう。いけ図々しく、ちゃっかりしているけれど、破廉恥ではない。戦友となれば頼り甲斐のある男だとあとになってわかります。この挿話も世間知らずの坊ちゃんの一経験として、いや味のないユーモア調で語られています。

オレンブルグに着いて、父親の旧友である長官のもとに出頭するシーンもすこぶるおかしい。ここもまったく落語仕立てで、手紙を音読する長官自体ユーモラスですが、文中「なにとぞ針ねずみの手袋をもって扱い下され」とあるのにひっかかって、「なんじゃ、この針ねずみの手袋ちゅうのは」と自問する。「あまり厳格でなく、なるべく放任しておくという意味です」とピョートルがいうと、長官が「なある。わかった。……しかし放任は禁物にて……いやどうやら違うわい、針ねずみの手袋ちゅうのはそんな意味ではないわい」と自答するあたり、決して高級とは申せませんが、素朴で民話的な笑いを誘います。

しかし最高のユーモアは、ペロゴールスク要塞の隊長ミローノフ大尉とその夫人の肖像の上に輝いています。これが全く落語的夫婦であるのは一読しておわかりでしょう。普通にいえば夫人が夫を尻に敷いているということになるのでしょうが、ミローノフ夫人ヴァシリーサが夫に深い愛情を抱いているばかりでなく、その人柄に敬意を抱いていることが、読み進むに従って明らかになります。つまりヴァシリーサ夫人はミローノフが不器用で愚直な性格であることを飲みこんでいて、そういう夫を愛し尊敬しながら、そんな夫に要塞の切り盛りを任せてはおけないので、自分がいろいろと取り仕切っているのだとわかってくるのです。ミローノフはトルストイが「これこそ真の勇者だ」と讃嘆したほどの人物ですが、ふだんはゆったりのんびりした態度で、遅鈍といってもよろしく、勇者らしいところはまったくない好人物です。その彼が反乱の知らせを夫人に匿そうとして計略をめぐらし、夫人にすぐに見破られるエピソードは、実にほほえましく笑いを誘うのですが、そういった夫婦のありかたを描く作者の手腕は神技と言ってよろしいかと思います。

ミローノフ夫人の宰領下にある要塞の日々はまさに牧歌と言ってよろしい素朴な魅力に溢れています。ピョートルが要塞に着いたとき、夫人は「士官の軍服を着けた片眼の老人が両手でぴんと張った糸を、糸巻きに巻き返しているところ」でした。なつかしいですね。私は母によくこの手伝いをさせられたものです。もっともそれは毛糸でしたが。こんな手伝いを夫人にさせられているこの老中尉は、そのうちなかなか経験を積んだ立派な将校だとわかりますが、このイワン・イグナーチイチという人物の描き方も実に味があります。プガチョーフ勢が攻めてくるとわかって、子どもたちが石や獣の骨を投げこんでいる大砲の砲身を掃除しているイワン・イグナーチイチが、ヴァシリーサ夫人にカマをかけられるところもユーモア仕立てです。この小説は部分部分がみんな艶出しをかけられたように光っているのですが、日頃子どもたちが大砲に石や骨を投げこんでいるというのもそういう光った細部のひとつです。

ミローノフ夫妻のひとり娘マリアについて、作者は「まんまるな薔薇色の顔をして、その淡亜麻《うす》色の髪は、燃え立つような耳のうしろに、平らになでつけてある」といったふうに描いています。むろん、ピョートルの目を通した描写ですが、とり立てて魅力のない平凡な娘の像が浮かび上がります。おとなしく優しく、大砲の発射音に気絶するように臆病だというのです。このマリアにピョートルが惚れこんでゆくのは、ひとつは歳頃だし、ひとつは辺境の要塞の寂しさからでありましょう。この平凡なマリアは話が進むに従って、さすがはミローノフの娘、すなわち「大尉の娘」だと読者を得心させるのですが、しかしマリアは恋物語のヒロインとしてはまったく平凡で、ピョートルとマリアの恋も十代のそれらしく純粋可憐というだけで、恋物語自体は何の変哲もない、平凡極まるものと言ってよろしい。あきらかにプーシキンは、この小説を恋物語として仕立ててはいないので、ピョートルとマリアの恋は、ピョートルがプガチョーフと抜き差しならぬ関係に陥ってゆく発条として働けばそれで十分だったのです。

マリアとの関連では、当然シヴァーブリンが問題になります。シヴァーブリンはいやらしい卑劣な性格ではありますが、それほど憎むべき存在ではなく、むしろ憐れむべき人物のように描かれていると私には思えます。決闘で同僚を殺してこの辺境の要塞に追放されたわけですし、詩も解する一応の読書人でもあるようですから、一種のバイロン的擬英雄の転落した姿、レールモントフのペチョーリンの堕落した形象と言ってよいようです。問題はこの男がひねくれていることで、そのひねくれからプガチョーフ一味に寝返ることになってしまったと読めます。プーシキンはそもそも、反乱に加担したシヴァンヴィチという実在の人物に触発されてこの小説を構想したのですが、そのシヴァンヴィチがピョートル・グリニョフとシヴァーブリンに分解してしまうと、よりシヴァンヴィチに近いシヴァーブリンには興味を失ってしまったのかも知れません。シヴァーブリンが反乱に加担したのはひねくれのせいですから、その人物の内部を掘り下げたって展開は出て来ない。シヴァーブリンはその程度の人物です。あるいはそれ以上の人物として描けば大変危険なことになるので、プーシキンはシヴァーブリンをこの程度の男にとどめておいたのでしょうか。プーシキンはプガチョーフという人物と彼が起した反乱への興味は、グリニョフの眼を通して十分に表現しえたのです。シヴァーブリンには狂言廻しの役を振っておけばよいので、あえて掘り下げて造型するには値しなかったのだと考えられます。なお、ピョートルとシヴァーブリンの決闘にかんしては、これも喜劇仕立てだということに注意しておきます。忠臣サヴェーリイチが駆けつけて呼ばわるものだから、ピョートルは思わずうしろを振り向いてグサリとやられたのですからね。

なぜユーモア仕立てなのか？

『大尉の娘』が全体を通じてユーモア仕立てだというのは何を意味するのでしょうか。反乱自体は悲惨な出来事です。ペロゴールスク陥落の日、ピョートルが愛したミローノフ夫妻もイワン・イグナーチイチも虐殺されてしまいます。この陥落の有様はまさにホメロス的といってよい素朴な雄勁さ、飾るところのない剝き出しの率直さで描かれており、ミローノフ大尉が絞首台に吊される様子、家から走り出たミローノフ夫人が撲殺される情景は無慈悲なほどあっさりして素気なく、即物的です。全篇中最高の描写で、プーシキンがいかに凄い芸術家であるか、深い感銘を受けずにはおられません。そういう現実の残酷さをちゃんと見詰めているこの小説に、なぜ全篇にわたってユーモアが、それもアポロン的と言いたいような清朗なユーモアが横溢しているのでしょうか。

それは家庭の人として日常生活を営む個人であるほかない人間が、残酷や悲劇を露呈する歴史的事件に遭遇するなかで、あくまで人間を信じようとするなら、そのドタバタ劇の中で発露される人間らしさ、すなわちユーモアを信じるほかないからです。この小説の呈するユーモアの相は、登場人物たちが意識して仕組むユーモアではありません。笑い話どころではない諸現実がおのずと洩らしてしまうユーモアであって、それを感得しているのはプーシキンという一個の詩人なのです。プーシキンはプガチョーフの乱という壮大なかつ悲劇的なテンヤワンヤに、人間の喜劇の面を感得しているのです。この喜劇というのは嘲笑すべき対象という意味ではありません。歴史的事件の中にあって、あくまで自分らしく生き通しているということで、このそれぞれの自分らしさがゆくりなくもユーモアを醸し出すのです。暗鬱なプガチョーフにさえユーモアがつきまとっています。『プガチョーフ反乱史』には、モスクワへ護送される間、彼はまったく平静だったと記されており、また『大尉の娘』の末尾の『後詞』には、プガチョーフが処刑前、群集の中にグリニョフの姿を認め、うなずいて見せたと述べられています。これはユーモアではないでしょうか。プガチョーフがプガチョーフらしくあり通すことは、一種のユーモアを分泌せずにはおかぬのです。

詩人はひとり天空の高みにあって、人間どもの綾なす悲喜劇に吹き出しているのではありません。詩人はプガチョーフの乱に深入りしています。プガチョーフその人にも深入りしています。この点では彼は悲劇にどっぷり浸っているのです。しかし、彼は身を翻えします。シニャフスキー流に言うなら、妖精のように軽々と。暗く重々しい現実の一面にどっぷり浸りきりでいるのは気性に合わぬのです。彼はさっと舞い上りつつ、笑いを誘わずにはいない人間らしい局面を拾いあげるのです。これが『大尉の娘』のユーモアだと私は思います。これがプーシキンの軽薄さであるかどうか、それは解釈によります。私は詩人は重さに打ちひしがれる鋭敏な感性を持っているからこそ、その重さに打ち克つ軽さを志向するのだと思います。プーシキンはグリニョフ青年のプガチョーフ遭遇譚にユーモアの彩りを付しました。プガチョーフが読んだら、よろこんでにやりと笑ったのではないでしょうか。

削除された一章

農民反乱自体についてのプーシキンのとらえ方は、結局削除された一章に明白に表れています。この章は全体の構成からすると余計で、削除したのはプーシキンが正しかったのですが、にも関らず興味深い点を含んでいます。というのはこの章は、両親の領地の農民がプガチョーフの乱に乗じて反乱を起こし、両親とそのもとにあずけられていたマリアを監禁してしまう事件を叙述しているのです。興味深いのはズーリンの部隊が駆けつけて、グリニョフ一家が解放されたあと、グリニョフ、つまりピョートルの父親が農民たちを「ばかをやらかして」といった風に叱りつけると、農民たちは頭を掻いて「へい、どうかしてました」といった具合にあやまり、それで万事が終っていることです。つまり、プーシキンは反乱を農民の一種のカーニヴァル的な出来心として描いているのです。これは大変農民を馬鹿にしたとらえ方のように思えます。しかし、農民反乱には一種こうしたカーニヴァル的な出来心の発作という一面があったのは確かです。しかも、こういう描写は、この出来心とも見える現象の底部に、いかにすさまじい憎悪やルサンチマンが秘められているか、見過ごしているわけではないと思います。なお『戦争と平和』にも、ロストフ伯爵家の領地での農民一揆の話が出て来ますが、『大尉の娘』における描写と大変よく似ているのも一興です。トルストイの念頭には、『大尉の娘』の農民騒擾のシーンが焼きついていたのではないでしょうか。

この小説はマリアがペテルブルグへ上って、ピョートルの無実を女帝に陳情するところで終っています。マリアが分別のあるしっかりした娘であることがわかるのは、この経過においてで、朝の散歩中、マリアはエカチェリーナ二世と、それとは知らずに出会って、ピョートルがマリアの名を出さぬばかりに無実の嫌疑を蒙っているのと訴えるのですが、そのエカチェリーナ像は優雅にしておのずと威が備わり、申し分のない女帝ぶりです。しかし、この辺は詩人のサービスで、何しろ彼はニコライ一世の厳しい看視の下にあったのですから、これくらいのサービスはしておかねばならなかったでしょう。私が注目したいのはこの前後も、マリアの寄宿先の女主人をめぐってユーモア仕立てになっていることです。さらにもうひとつ、エカチエリーナの連れている犬がマリアに吠えかかり、マリアがおびえたときのエカチェリーナの科白をごらん下さい。「こわくはありません。かみはしませんから」。思い出して下さいましたか。これは『犬を連れた奥さん』のアンナの科白とおなじですね。チェーホフは『大尉の娘』を愛読していたに違いなく、思わずこの科白を使ってしまったのです。

小説として完璧な作品

私は『大尉の娘』をこの度読み返して、むろん以前から好きな小説だったのですけれど、これが実にみごとで偉大な作品であることを痛感しました。完璧な出来といってよろしい。これは若いうちはなかなかわからないのですが、古風で素朴な物語のように見せかけて、実は壮大な世界とインチメートな生活圏とをみごとに結んでみせたおそるべき小説だとつくづくこの度感じました。

むかしは、プガチョーフをアネクドート的にいわば斜《はす》から扱っているのがおかしな感じで、プーシキンはこの反乱を正面から描かずに逃げているのだなどと思ったものですが、今ではグリニョフの眼を通してのみプガチョーフを浮かびあがらせるという発想がいかに天才的ですばらしいかよくわかります。

プーシキンというのはすごい人です。『大尉の娘』『スペードの女王』『ベールキン物語』この三作は、トルストイ、ドストエフスキーの全小説に比肩すると思います。それに『オネーギン』以下の詩を加えてみると、ますますそう言いたくなります。彼の小説は時代からするとずば抜けた出来を示しています。彼の同時代の小説はフランスでもイギリスでも、まだ無駄なところや冗長なところや、作者が長々としゃしゃり出るところや、それはそれで面白いのですが、決してすっきりと完成した形にはなっておりません。プーシキンの場合にも作者が読者に呼びかけるところがあって、初期の小説の姿を遺存していますが、それは最低限にとどまっていて気になりません。とにかく無駄がなく簡潔で、物語が必要な部分だけですっきり成り立っています。西欧において小説がこういう美しい簡潔さに達した例は、プーシキンと同時代では、メリメの『マテオ・ファルコーネ』（一八二九年）だけではないでしょうか。

しかし、私がプーシキンは凄いと再確認するのは、そういう形式的完成度の高さのせいばかりではありません。プーシキンの作品はいわゆるリアリズム、写実という面でも高いレヴェルに達していますが、写実にもとづく近代小説を超える面を示していて、それがとても魅力的なのです。ですが、それはかなりややこしく、むずかしい話になりそうなので、今夜はこれくらいにしておきます。それでなくとも、今夜は話がいろいろと多岐にわたって、みなさんの頭を混乱させたおそれがあるのですから。

第5講　ブルガーコフ『巨匠とマルガリータ』を読む

ブルガーコフ、水野忠夫訳『巨匠とマルガリータ』(『世界の文学4』集英社、一九七七年)
ブルガーコフ、法木綾子訳『巨匠とマルガリータ』(上・下、群像社ライブラリー、二〇〇〇年)

私が二〇一一年にこのお話を始めたのは、私なりの西洋文学案内というつもりでありましたが、実際にはプーシキン、ブーニン、チェーホフとロシア文学案内みたいになってしまい、しかも私自身が半歳たらずでくたびれて中断し、来年になったら再開しますと約束しながらその元気もなく、とうとう二〇一六年になってしまいました。もう再開する元気もないのですが、折角ロシア文学をのぞいてみたのですから、トルストイやドストエフスキーといったいわば本丸に今更迫ることはないにしても、ブーニン以後の作家として、ブルガーコフをとりあげて、この中途半端な連続講演にケリをつけることにします。と言っても、またみなさんにお集まりいただいて実際にお話しするのも煩わしいので、疑似講演風に書きおろすことにします。

謎に満ちた圧倒的傑作

ブルガーコフの『巨匠とマルガリータ』を初めて読んだとき、私は非常なおどろきに圧倒されました。スターリンの全体主義体制が完成した一九三〇年代のモスクワに、こともあろうにサタンが出現して、ソビエト社会を散々愚弄したあげく、表現の自由を奪われて精神病院に閉じこめられていた作家を救出して消え去るといった物語を、あの恐怖の大粛清時代にひそかに書きあげて、筐底にしまっていた作家がいたというだけでもおどろきです。しかも作品の手法と構造は、当時ソビエトの作家たちに課せられていた社会主義リアリズム、つまり伝統的な一九世紀的リアリズムに政治スローガンを結合させた古くさい様式とはまったく違って、ガルシア＝マルケス以後のマジック・リアリズムを先取りしたような幻想性と、物語の中でまた物語が作られてゆくといったジイド的な二重構造によって成り立っていて、一九三〇年代のソビエトの鎖国的な精神風土の中で、これだけ実験的な作品がひそかに書かれていたというのも驚異というに値します。

しかし、その後この作品を読み返すにつれて、これはどう読めばよい作品なのか、またどう評価すべきなのか、だんだん謎が深まって来ました。こけ脅しじゃないのかという感じさえ起こることがありました。私はこれまでの話で、文学作品というのは自分の読みを通して、ある至福感や覚醒をえられればよいのだということを申しあげて来たと思うのですが、小説の中には、たしかに感銘を受けるのだが、その感銘の正体がわからないというのがままありまして、『巨匠とマルガリータ』は私にとってそういう作品だったと言ってよろしいかと思います。ですからこの際奮発して、自分なりにその謎を解いてみたいのです。むろん、すぐれた解になるかどうかは保証の限りではありません。

小説を読むに当っては、素直にテキストの中にはいってゆけばよいので、作品が生まれた背景とか、作者の閲歴とか、文学史上のつながりなどの知識は必要ではないということを、これまで再三申し上げたつもりですが、作品を論じるとなるとそうも言ってはおられません。特に『巨匠とマルガリータ』のような作品を論じる場合には、彼の作家的閲歴や作品が生まれた背景を知ることが、絶対に必要になって来ます。

国内亡命者、ブルガーコフ

ミハイル・アファナーシェヴィチ・ブルガーコフ（一八九一〜一九四〇）はキエフ神学大学の教授の家に生まれ、祖父は聖職者でした。キエフはウクライナの古都ですけれど、ブルガーコフ家はウクライナ人ではなくロシア人です。キエフ大学医学部を卒業して医師になるのですが、革命が起ると白軍に軍医として徴発されます。

ブルガーコフ自身は断乎たる反ボリシェヴィキ派で、本来は白軍の敗北後亡命する運命にあったのに、折から病いに倒れて、そのままソビエト政権下に居残ることになってしまいました。彼はこのことに関して、のちに「君は弱い女だ。ぼくを連れ出せないでいたなんて」と妻をなじったということです。つまり彼は意に反して亡命できなかった国内亡命者であったわけで、このことはしっかり把握しておかねばなりません。

彼は少年時からロシアの一九世紀文学を十分読みこんでいたのですが、実際に作品を書くようになったのは二〇代の後半で、医師という職業を放棄し、モスクワへ出て作家として生きる道を選んだのが一九二一年、三〇歳のときでした。新聞や雑誌に勤めながら、『悪魔物語』『白衛軍』『運命の卵』『犬の心臓』などの傑作を書きますが、単行本になったのは『悪魔物語』（表題作、『運命の卵』ほか二篇を含む）だけでした（一九二五年）。『犬の心臓』に至っては検閲を通らず、一九二六年には家宅捜索を受け原稿を没収されています。原稿はその後返却されましたが、ソ連国内で活字になったのはやっと一九八七年になってからでした。この四つの作品は一九二三年から二五年にかけて集中的に書かれていて、この作家の尋常ならぬ才能を示しています。

『悪魔物語』——平凡な一市民の現実崩壊

『悪魔物語』はマッチ製造工場に勤める事務員が突然解雇を言い渡されてからのテンヤワンヤのお話ですが、これをソビエト官僚主義への風刺としてみれば、当時『ズヴェズダ』誌に載った「まったく陳腐」という批評もむりのないところでしょう。だが、この小説は官僚主義批判なんてしおらしいものじゃなくて、一人の平凡なソビエト社会の一員に生じた徹底的に奇怪かつグロテスクな意識崩壊を描いているのです。意識崩壊とは当人にとって現実解体にほかなりませんから、この小説ではソビエト社会の現実が訳のわからない悪夢、グロテスクな悪ふざけの様相を呈します。「ああ、社会主義的官僚主義への風刺だな」と受け取ってもらえば、ブルガーコフにとって安心の溜息が出るくらいのもので、この小説の筋の通らないナンセンスさ、いわば「しっちゃかめっちゃか」なグロテスクさ自体は、シュールレアリスムないし未来派風の遊びの形をとりながら、実はソビエト社会の非人間的構造への徹底的な悪意の表明だったのです。ただ、今日読みますと、そのシュールレアリスム風の遊びが、もうあまり面白くはないのですけれども。

『運命の卵』――社会実験が怪物を生み出す

『運命の卵』は、H・G・ウェルズ風のSF、近未来小説の形をとっています。両生類・爬虫類に関する世界的権威であるペルシコフ博士は、一九二八年四月のある日、ふとしたことから赤色光線を発見してしまいます。この光線をあてられた生物は、すさまじい生殖力を発揮するのです。この小説が書かれたのは一九二四年ですから、四年先の出来事を書いた近未来小説であるわけです。この光線を鶏の増産に応用しようとした男が出て来て、その結果巨大な駝鳥や大蛇の大群が生まれて、人々を殺戮しながら、モスクワめがけて進軍を始めるという大珍事が出来《しゅったい》し、軍隊が出動しても阻止できず、寒波の到来によって怪物らはやっと死滅するというストーリーです。鶏卵に赤色光線を当てるつもりだったのに、間違って駝鳥や蛇の卵が送られて来たのが、この大惨事の直接の原因なのですが、この作品の意図を沼野充義さんが「単に科学の濫用による生物改造の危険を訴えた作品」ではなく、革命という社会実験が怪物を生み出す危険が暗示されていると説いているのは妥当なところでしょう（『犬の心臓』解説）。ペルシコフは戯画化されているものの、筆遣いはむしろ優しく、それよりもこの大発見を騒ぎ立てるソビエト・ジャーナリズムや当局者の方に、筆者の赤裸々な悪意が向けられています。

『犬の心臓』――体制に忠実な一部品

『犬の心臓』はSF仕立てという点で『運命の卵』に似ていますが、モチーフはもっと深化して作品としても厚みが出ています。プレオブラジェンスキー教授は脳生理学の世界的権威らしいのですが、目下の関心は若返り術で、自宅で開いている診療室にもその種の患者が詰めかけています。教授はアパートの七室を占領していて、住宅管理委員会と揉めています。モスクワは当時ものすごい住宅不足で、ソビエト政権は住宅管理委員会というのを組織して、適正な住居配分の権限を与えていたのです。管理委員たちが教授に占有部屋数を減らすように要求しますと、教授はあるところに電話をかけ始めます。この電話先は政府の有力者とみえて、委員たちはすごすごと引き下がってしまいます。つまりこの有力者は教授の患者であるわけで、旧体制の生き残りであり、革命後の日常生活の無秩序に憤懣やる方ない博士のような存在がまだこの時代、つまり一九二〇年代には昔ながらの特権的生活を保障されていたのは、ソビエト権力が旧体制の科学者・技術者を利用せねばならなかった事情があったからです。とにかく、作者は教授の特権的なプライドや新体制への軽蔑を、むしろ共感的な筆致で叙述していることに注意しておきましょう。

教授は街頭から一匹の野良犬を拾って来ます。この小説は冒頭からしばらくはこの犬の視点から書かれていて、それがすばらしい導入になっています。教授は何も慈悲心から犬を拾ったのではありません。彼はバーで刺殺された無頼漢の屍体から、その脳下垂体と睾丸をとり出し、それをこの犬に移植したのです。本文にはこの手術は「脳下垂体の活動力と、それにともなう人間の有機体の若返りに与えるその影響の問題を解明する目的をもって」行われたとあります。ブルガーコフはもともと医学者ですから、もっともらしいことを書いていますが、科学的にみてこんな実験に意味があるかどうか、問う必要はないでしょう。ウェルズ的なSFととっておけばよいのです。

ところが実験の結果、何と犬は人間になったのです。しかもこの犬＝人間には移植された臓器のもとの持ち主の、あつかましく下司でいやらしい性格が日々現われて来て、教授の生活は地獄みたいになって来ました。教授はついに再度手術して、この人間化した犬をもとの犬に戻してしまいます。

この小説の読みどころのひとつは、人間になった犬が自分は身分証明書を持ったソビエト市民になるべきだと主張し、住宅委員会内の党員がそれを支持して教授を悩ませるところです。教授からすれば彼はとうてい「人間」ではありえません。ところが住宅委の党員にとっては立派なソビエト市民なのです。教授にとって「人間」とは何よりも人格の持ち主です。しかし、ソビエト社会では「人間」は社会に有用なパートであればいいので、この犬人間は住宅委の紹介で早速「モスクワ市清掃局動物追放課長」に採用されてしまうのです。仕事の中味は猫殺しで、まったく前身の犬にふさわしい仕事です。教授にとってこれほど忌まわしいことはありません。この忌まわしさこそブルガーコフが表現したかったことのすべてといってよいでしょう。ブルガーコフにとって、人間とは最低限の品位と人格を持つものであるのに、ソビエト権力にとっては体制の忠実な一部品であればよいのです。ソビエト権力からいえば、これは社会主義体制への誹謗ということになります。出版禁止も原稿没収も当然といえましょう。

革命前の旧体制への郷愁

ブルガーコフは革命後の社会にずっと悪意を抱いていたのです。彼の作品はすべてゴーゴリ風の幻想とグロテスクに彩られ、未来派、ダダ、シュルレアリスムといった前衛的手法が駆使されております。ロシアでは一九世紀末から一九一〇年代まで、ブローク、ブリューソフなどの象徴主義に始まって、未来派、アクメイズムなどの様ざまな文学的実験の重ねられる「ロシア・ルネサンス」が花開くのですが、ブルガーコフの自己形成期はまさにこの時期に当っています。シクロフスキーの『ロシア・フォルマリズム宣言』が書かれたのは一九一七年です。ですから、ブルガーコフの作品が映画的手法も含めて様ざまな前衛的手法を用いているのは時代の風潮といってよいのですが、もうひとつ、ブルガーコフにとって、ソビエト社会への悪意を隠蔽しごまかすための手段として、この前衛的手法が用いられているのではないでしょうか。

ブルガーコフが革命前の旧体制に強い郷愁を持ち、ソビエト体制を心底では嫌悪し拒否していたことには数々の証拠があります。一九一七年一二月三一日に書いた妹への手紙にはこうあります。「先頃のモスクワ旅行とサラートフ旅行中に、ぼくはすべてを目のあたりに見せられた。……無知蒙昧な群衆が鬨《とき》の声、罵声をあげて列車のガラスを割っているのを見た。人が殺されるのを見た。モスクワでは焼き打ちをされる家……うつろな顔、けだもののような顔を見た。……すべてを目のあたりに見、何がおこったかを最終的に理解した」。モスクワに出て雑誌や新聞で働くようになってからも、こうした革命的ジャーナリズムとどうしても肌が合わず、自分の仕事を憎み編集者を憎みました。「彼らのことはいまでも憎んでいるし、死ぬまで憎み続けるだろう」。これは彼が一九二四年に書いた自伝の一節です。

『犬の心臓』には教授を尊敬し、彼のためには生命を捧げてもよいと思っている助手が出てきます。『運命の卵』の博士にも同じように忠実な弟子がいました。ブルガーコフはこのような師弟間、あるいは主従間の忠誠を、大事な人間感情のひとつとして肯定する人物だったのです。社会主義の大義のためには弟子が師を密告するがよしとされるプロレタリア道徳など、まさに嫌悪すべきものだったのです。

西洋で言えば、ホメロスから、日本で言えば万葉から、ずっと伝えられて来た人間性、たとえば友情、忠誠、家族愛、信義、思いやり、義侠心、誠実等々の感情があります。近代はここにいう伝統的価値を疑いくつがえして来たわけで、ロシア革命によるプロレタリア的文明の建設などもそういう近代の試行のひとつであったわけでしょう。ブルガーコフは文学的方法の点でいえばモダニスト、アヴァンギャルドの立場に立ちながら、文明論的洞察においてはむしろ、伝統的な価値を転覆させつくすことのおそろしさを表現しているように思えます。プレオブラジェンスキー教授は「研究者が自然を感じつつ、自然と平行して研究を進めるかわりに、無理に問題をでっちあげ、カーテンを持ち上げようとした」と、自分の行為を反省しています。この「自然」という言葉はそれこそやかましい論議を呼ぶことでしょうが、ソビエト社会の現実を目の前にしたとき、ひとりの誠実な文学者が頼らざるを得なかった或る実質的な感触を示すものであって、けっして馬鹿にしてはならぬ言葉だと思います。

『白衛軍』――歴史に翻弄されるトゥルビン家

さて初期のもうひとつの小説『白衛軍』は、虚構性の強い以上三作と違って、ブルガーコフ自身の体験をかなり直接的に反映しています。この作品については私は以前短い文章を書いたことがあるのですが（『細部にやどる夢』石風社刊所収）、いま読み返してみると、これは相当手のこんだ小説で、細部まで十分に読解するのはむずかしいと感じました。ですが、大筋のところは、作意は明瞭すぎるほど明瞭です。一九一八年一二月のキエフにおける政権交替を背景として、知識人階級に属する一家が激動と混乱の中を何とか生きのびる物語で、作者の立場ははっきりとした反ボリシェヴィキです。ロシアの研究者チュダコーワが「ブルガーコフは性情としてはボリシェヴィキを敵として戦っていた側に自分があった国内戦についての小説を書き、かつそれをソビエトの出版で、しかも良心に反することなく発表するというきわめてむずかしい課題に直面した」と書いている通りです。第一部・第二部は一九二五年にロシア国内の雑誌に載りましたが、第三部はパリで刊行されています（一九二九年）。

ウクライナの首都キエフは一九一七年から二〇年の三年間に、一四回の政権交替がありました。一〇月革命時にウクライナ民族主義者がラーダ（民族議会）を結成し、ロシアから分離独立を宣言したのですが、ブレスト・リトフスク条約によってドイツ軍がウクライナを占領して、帝政ロシアの将軍スコロパツキーを擁立し、ゲトマン政権を樹立しました。ゲトマンとは元来コサックの首領の呼称です。この小説は一九一八年一二月一二日に始まりますが、ラーダの指導者のシモン・ペトリューラの大軍がキエフに迫ろうとして、キエフは恐慌に陥っています。そういう情況の中でトゥルビン家の人びとがどう対処してゆくか、それが物語の骨子です。トゥルビン家はウクライナ人ではなくロシア人です。一九一七年のキエフの人口中五〇%がロシア人、一八%がユダヤ人、九%がポーランド人、ウクライナ人は二〇%以下だったそうで、ロシア人たるトゥルビン家の人びとは、ウクライナ民族独立運動に共感を持っていません。トゥルビン家では大学教授だった父はすでに亡く、一九一八年五月、長男のアレクセイが「苦しい行軍、軍務、ひどい災厄ののち」帰宅したその週に母が亡くなっています。妹のエレーナはその前年、タリベルグというペテルブルグからやって来た大尉と結婚しました。タリベルグはゲトマン軍の参謀本部に勤務しています。アレクセイは二八歳、エレーナは二四歳、弟のコーリャは一七歳でゲトマン軍の下士官です。アレクセイは医者で自宅に診療所の看板を掲げています。専門は性病です。

この日エレーナは帰宅のおそい夫の身を案じていますが、やっと玄関にノックがあったと思うと、転がりこんだのは足がひどい凍傷にかかったムィシュラエフスキー大尉でした。彼は砲兵なのにキエフ郊外の戦闘に歩兵として駆り出され、ひどい目にあったのです。敵は誰だったのか。ペトリューラ軍なのか。ムィシュラエフスキーは「そんなこと分るもんか。おれは地元の百姓ども、ドストエフスキーのいわゆる『神を孕む国民《くにたみ》』だと思う。ええい、あん畜生」と答えます。ブルガーコフのロシア農民観がここにはっきり出ていることにご注意下さい。ムィシュラエフスキーはこの家に泊りこんでしまいますが、かねてトゥルビン家には彼のほかに、アレクセイの友人の何人かの将校がしじゅう出入りしていて、その中にはエレーナの崇拝者でいつも花束を持って来るシェルヴィンスキー中尉もいます。彼ら将校は学生の時、第一次大戦に徴兵された連中で、いわばロシアの古い知識人階級の生き残りなわけです。トゥルビン家の暖い雰囲気が、彼らの絶好の溜り場になっているのです。

そのうちタリベルグがやっと帰宅しますが、何と彼はこれからベルリンへ発つというのです。ドイツ軍がキエフから撤退し、その後盾なくしては到底立ちゆかないゲトマン政権の要人たちも、ドイツ軍とともに逃げ出す。自分も行を共にしないわけにはゆかない。列車には女は乗れない。つまりお別れだという次第。エレーナはこの男にすでに不信の念を抱いていたようなのですが、いまや利己的なオポチュニストでしかないことがハッキリわかったのです。タリベルグへの憤激、エレーナへの同情、トゥルビン家の人びとは友人たちとその夜は散々酔っ払ってしまいます。アレクセイは明日は自分も軍医として入隊して、ペトリューラ軍と戦うと宣言します。しかし、問題の所在は彼にもはっきりわかっているのです。ドイツ軍占領下、収奪にさらされた百姓には「はかりしれない多くのものが鬱積していた」のです。彼らはいまや叫び立てています。「土地はすべて百姓のものだ。地主など一人もいなくなれ。穀物は百姓のもの。誰にも渡さぬ。こちらが食べぬときは、土に埋める」。一方には「みんなウクライナ語をしゃべり、魅惑的な、夢のような、地主もロシア人の将校もいないウクライナを愛」する民族主義者がいる。アレクセイ自身は戦争・革命・内戦を経て、崩壊しつつあるロシアを支えるのは帝政しかないと考えるようになっていますが、確信も希望もあるわけではなく、ただ心の憂さを晴らしたい一心です。

翌日アレクセイとムィシュラエフスキーはゲトマン義勇軍の隊長マルィシェフ大

佐のもとに出頭し、部隊に編入されます。大佐は学生出身が多いので「学生大隊」と呼ばれているこの部隊を、アレクセイの母校のギムナジウムに集結させます。ところがマルィシェフは一部の衛兵を除いて隊員を帰宅させ、明朝七時に集合するように命じます。つまり彼はこの時点で、この若者たちをペトリューラ軍と戦わせないと決意していたのです。彼はすでにドイツ軍の撤退とゲトマン軍司令部の逃亡を知っていたのですから。翌朝部隊が集結すると彼は将校・下士官の一部の反発を抑えて部隊の解散を宣告、各員は肩章をはぎとり、無事帰宅するようにうながします。このマルィシェフ大佐は作者が共感をこめて描いている人物の一人で、あとで殺されたことが暗示されています。アレクセイは寝すごして集合に遅れてしまうのですが、マルィシェフと会ってさとされ、帰宅中にペトリューラ兵に追跡され、左脇下に銃創を負いつつ、未知の女性に助けられ、彼女の家にかくまわれるのです。

一方、コーリャはナイ＝トゥルス大佐の隊に属して、ペトリューラ兵と街頭で戦うのですが、大佐はマルィシェフ同様部下の若者を早々と退却させ、自分ひとり機関銃をとって戦います。コーリャは彼の戦死を見届けて、これも命からがらわが家に逃げ帰るのです。アレクセイはユリヤという女性の家で数日看病され、瀕死の状態でわが家にたどりつきます。チフスにかかっていたのです。一時は医者も見放すほどでしたが、二月になるとエレーナの必死の看病でやっと回復します。その間赤軍がキエフに迫っていて、明日にも入城しそうです。ペトリューラの支配は四七日間にすぎませんでした。小説は赤軍入城前夜の不安な気分で終ります。

前衛的な作風とロシア貴族文化への郷愁

以上はこの小説のあら筋でして、実はこの作品にはトゥルビン家以外の様ざまな人物の挿話が、めまぐるしく切れ切れに挿入されているのです。ということは、作者が一九一八年末から翌年初頭にかけてのキエフの社会を多層的に描出したかったことを意味しますが、それは必ずしも成功しているとは言い難く、この作品のよさは何といっても、歴史の大過渡期に翻弄されながら、あくまでも廉恥心を保って人間らしく振舞おうとするトゥルビン家とその友人たちの生きざまが、とても好ましく描かれていることにあります。彼らとて情況に振り廻されて右往左往しているのですが、少くとも人間として最低限の品位と惻隠の情と廉恥心を守ろうとしています。そしてそれがブルガーコフが自分の経験を通して言えるただひとつのことだったのです。そういう彼の思いは、コーリャがナイ＝トゥルス大佐のいまわの言葉、「マロ・プロヴァーリナヤ通り」というひと言を手がかりに、大佐の遺族を訪ねあて、大佐の遺骸を葬って遺族をよろこばせるという挿話によく表われているでしょう。

トゥルビン家をめぐる雰囲気が、トルストイの『戦争と平和』的であることは早くから指摘されています。トゥルビン家は貴族じゃありませんが、上流の知識階級としてロシア貴族文化のよき面を継承していることは確かで、ブルガーコフとはそういう伝統を心に秘めてソビエト体制下に生きた作家であることを忘れてはなりません。しかし、作品を貫く心情が伝統愛慕であるのに対して、小説の手法としては映画的な場面転換といい、未来派風の文章といい、非常にアヴァンギャルディックです。これはこの作品を魅力的たらしめている矛盾と言ってよいでしょう。このことはロシア革命以後の現実が、彼にとっては解体し錯乱した不条理、グロテスクとして見えていたということで、そうした現実はもはやトルストイ的な古典的リアリズムでは描ききれなかったことを意味します。ついでに申しあげておきますと、私はブルガーコフの作品の中では、この『白衛軍』が最も好きですし、また最もすぐれていると思っています。

スターリンのブルガーコフ贔屓

ブルガーコフは早くから演劇に関心を示していまして、ウラジカフカースに居たころ、一九二〇年から翌年にかけていくつかの戯曲を書き上演しています。モスクワに来てから『白衛軍』の戯曲化をモスクワ芸術座からすすめられ、一九二六年には『トゥルビン家の日々』というタイトルで芸術座の舞台にかかり、チェーホフの『かもめ』以来の大当りとなりました。続いて『ゾイカのアパート』『赤紫島』『逃亡』などを書きますが、『逃亡』は上演禁止となりました。彼は晩年にいたるまで沢山の戯曲を書いていますが、私の知る限りでは邦訳は『逃亡』(『ソビエト現代劇集』白水社)、『イワン・ワシリエヴィチ』(『現代世界演劇15』白水社)、『トゥルビン家の日々』(『現代世界文学の発見1』学芸書林)の三作しかありません。白軍の亡命者の行末を描いた『逃亡』も、タイムマシンを発明した男がいて、イワン雷帝を呼び出してしまって大騒動になる『イワン・ワシリエヴィチ』も大変おもしろい作品で、ブルガーコフの劇作家としての才能を示していますが、問題なのは『トゥルビン家の日々』です。これは何しろスターリンのお気に入りの芝居で、彼はこの舞台を何と一五回も観たといわれているのです（この回数は論者によってまちまちで、亀山郁夫のある本では二〇回とも書かれています）。

スターリンは一体このドラマのどこが気に入ったのでしょうか。彼の発言はいろんな本に記録されています。フセヴォロド・サハロフの『ブルガーコフ　作家の運命』（群像社、二〇〇一年）によると、スターリンはゴーリキーに「ブルガーコフ！　こいつはなかなかのベレー帽だな。しかも人の神経を逆撫でするベレー帽だ。こいつは気に入った」と語ったとのことで、ブルガーコフの辛辣な筆致が彼の気性と一致したことは疑いありません。

『トゥルビン家の日々』については彼は一貫して作者を庇っています。ボリス・ソコロフの『スターリンと芸術家たち』（鳥影社、二〇〇七年）によると、一九二九年二月、ウクライナの作家代表団との会見で、スターリンは『トゥルビン家の日々』について、「彼はもちろんわれわれとは無縁の人間である。おそらく彼は思考のソビエト的モデルではあるまい。それでも彼は〈トゥルビン家の人たち〉によって大きな利益をもたらした」と語り、会場が騒然としてカガノヴィチが「ウクライナの人々は納得していません」と言うと、「否定的な側面にもかかわらず、観客が劇場を後にするときに、押しなべてそこに残っているもの、それはボリシェヴィキの何者も打ち破ることのできない力の印象である。トゥルビンおよび彼を取り巻く人々のような、強くて不屈でそれなりに誠実な人々でさえ、結局はボリシェヴィキに対して無力であることを認めねばならなかった。作者はもちろんそう望まなかったと思うが（この点で彼には罪はない）、『トゥルビン家の日々』はボリシェヴィズムの圧倒的な力を最大限に宣伝するものなのである」と擁護したのです。

そこで会場から「路線転換主義だ」という野次がはいると、スターリンは「かならず党の見解を堅持するように文学者に求めることは、私にはできない。……文学は党よりもっと幅の広いもので、そこには他のもっと一般的な尺度があるべきである」と答えた。時はまだスターリンが全面的独裁を確立する以前だったとはいえ、今日出来上っているスターリン像からすると、意外極まる発言ではないでしょうか。「路線転換主義」というのはおそらく「道標転換派」のことで、亡命ロシア人作家中の、ソビエトの成果を認めて従来の反ソ主義から転換しようとする動きのことです。

スターリンの『トゥルビン家の日々』擁護については、『白衛軍』との違いを注意しておかねばなりません。戯曲の方は検閲をおそれる劇場側からかなり改作・修正を要求され、ブルガーコフもそれに応えています。『トゥルビン家の日々』で、ムィシュラエフスキーは「ボリシェヴィキ大歓迎だ。やつらのうしろには百姓がわんさとついている」と発言していますが、『白衛軍』には一切そんな科白はありません。この芝居は「今夜は新しい歴史の芝居への偉大なプロローグだ」というニコールカの科白で幕となりますが、『白衛軍』にはそんな科白もありません。つまり戯曲の方は、ソビエト体制に受け入れられ易いように、お化粧が施されているのです。

当時のソビエト文壇を支配していたのは左派の「ラップ」（ロシア・プロレタリア作家同盟）で、ブルガーコフの戯曲は彼らから散々叩かれていたのです。それでも『ゾイカのアパート』と『赤紫島』は何とか上演されたのですが、一九二八年の『逃亡』はついに上演禁止となりました。この決定は共産党の政治局においてなされたのですが、スターリン自身は「白軍の追悼劇」と酷評されたこの戯曲に対してさえ、「もしブルガーコフが、その八つの夢にもう一つないし二つの夢を加え、それなりに誠実な」登場人物が「ロシアから叩き出されたのはボリシェヴィキの気まぐれによってではなく、彼らがその誠実さにもかかわらず、民衆の首にぶら下がる厄介者であったから」だということを「書き加えさえすれば、上演に対し私は何らの反対もしない」と言っているのです。この言葉は「民衆の首にぶら下がる厄介者」とは一体誰であったかという点で、今日からすればブラックユーモアそのものですが、スターリンのブルガーコフびいきは相当根強いものがありました。「ラップ」の批評家が標的にした『ゾイカのアパート』も、スターリンは好んでいたそうです。なお、「八つの夢」というのは、この劇が南ロシアからパリに到る八つの夢で構成されているのを指しています。スターリンはブルガーコフの芝居を党の立場からジャスティファイしていますが、どうもそれは党のトップたる彼の建て前かつ強弁で、イデオロギーはともかく、こいつの書くものは面白い、気に入ったというのが彼の本音であったと思われます。

スターリンはふつう思われているような無学な男ではありません。彼の伝記作者サイモン・S・モンテフィオーリによれば、彼の書斎には「十分に読み込まれた二万冊の蔵書があった」といいます。一九世紀ロシア文学に精通し、ヨーロッパ文学も広く読んでいて、晩年にはゲーテに魅せられ、ゾラを崇拝していたというから、なかなかです。ヘミングウェイ、スタインベックまで読んでいたそうです。文学作品の鑑賞能力、批評能力もかなりなものがありました。彼自身十代には詩を作っていて、その一篇はグルジアの詩選集にのったほどです。彼には芸術的な本物を見分ける力があり、自分が本物と評価する文学者はごく例外を除いて殺しませんでした。白軍的経歴を隠そうともしないブルガーコフを庇護し、自分を「クレムリンの山男」と嘲笑したマンデリシュタームに対しても、「隔離すべし、ただし保護せよ」と指示しました。もっとも彼の芸術・文学への好みは古典的で、アヴァンギャルドは受けつけなかったといわれています。それにしてはブルガーコフの前衛的な表現を好んだのですから、この点も再考の余地があります。

スターリンからの電話

一九二九年四月には『トゥルビン家の日々』が芸術座のレパートリーからはずされ、ブルガーコフは八方塞りの心境にありました。七月には政府宛にソ連から追放する措置をとってくれと要請する手紙を書いています。翌三〇年には新作の戯曲

『モリエール』の上演が拒否され、三月にまた政府宛に手紙を書き、自分を国外へ追放するか、芸術座の演出助手に採用するかどちらかにしてほしい、さもないと自分の前には死が待っていると訴えたのです。ブルガーコフはスターリンが自分の『トゥルビン家の日々』の大ファンであるのをもちろん知っていたはずです。スターリンからブルガーコフに電話がかかって来たのは四月一八日でした。

この電話一件は有名な噂となって、モスクワの文化界に流布されたとみえ、いろんな人物が伝えています。またいろいろな研究書でも言及されています。わが国でこの一件を初めて紹介したのはユーリー・イェラーギンの『芸術家馴らし』(早川書房、一九五三年)ではないでしょうか。ただしイェラーギンはこの電話を一九三二年の冬のこととしており、そのやりとりも不正確です。イェラーギンは劇場付オーケストラのヴァイオリニストで、アメリカに亡命して一九五〇年にこの本を出版しました。翻訳されたのは第一部のみですが、当時はいくらか評判になったのは私の記憶にも残っていたことで明らかです。今日読んでみると、これはソビエト政権下での芸術家のありかたについての大変貴重な、そして大変面白い報告なのですが、当時の日本はまだ社会主義幻想の全盛期ですから、いわゆる反共宣伝として、まともには評価されずに終りました。繰り返しますが、これは今日再刊してもよろしいほどしっかりした本です。

イエラーギンの言及は甚だ不正確ですが、モスクワ中にひろまった噂がどんなものかがこれでわかります。ロシアの文学研究者で、『スターリニフーダ』というスターリンに関する噂話やアネクドートを集めた本の著者ユーリー・ボーレフによると、一九四四年当時、この一件は次のように彼に伝わっていたそうです。スターリンに電話するように言われたブルガーコフが自宅に電話がないので、公衆電話で指示された番号をダイアルしていると、つながる間あとに並んだ人の列から不平の声が上がり始めた。「いまスターリンと話してるんだ」と言うと「人をおちょくるのもいい加減にしろ」といっそう騒ぎがひどくなる。ブルガーコフが電話に出て来た相手にその旨告げると、「こちらから電話を差しあげます」とのこと。わが家には電話がないのにと思いつつ家へ帰ると、軍人らしい男がやって来て電話線を引き電話を設置した。しばらくするとベルが鳴り、グルジアなまりの声が聞えてきた。以下のやりとりはわりと正確ですが、終りにとんでもない話がくっついています。「他にどんな問題がありますか」「活字になりません。検閲が何一つ通さないのです」「私があなたの検閲官になりましょう。私にあなたのすべての作品を送って下さい」。プーシキンとニコライ一世の有名なやりとりそっくりで、むろんこれは作り話です。

つまり、スターリンが電話でブルガーコフに援助を申し入れたという噂はモスクワ中にひろまるにつれて、いろんな尾ひれがくっついたわけで、モスクワの文士たちは羨望と妬みまじりの奇妙な敬意をブルガーコフに抱いたのです。劇作家のエドワード・ラジンスキーは自分が幼いとき、作家のオレーシャがわが家にやって来て、この電話一件について話したのを憶えています。オレーシャが一度スターリンの名をかたってブルガーコフに電話したものだから、本物の電話がかかって来たとき、彼が「いい加減にしろ」と言って電話を切ったというのです。これもオレーシャのホラ話かも知れませんが、ラジンスキーは当時モスクワ中がこの電話の話でもち切りだったと書いています（『赤いツァーリ　上巻』日本放送出版協会、一九九六年）。

当のブルガーコフも自分はスターリンに気に入られているという自信があり、スターリン専門家をもって自任していたといいます。アンナ・アフマートヴァが夫と息子を逮捕されたとき、ブルガーコフは「スターリンに対して唯一可能なのは真実のみだ」と助言したそうです。アフマートヴァは助言に従ってスターリンに手紙を書き、二人は釈放されたのです。

妻の証言

ところで問題の電話のやりとりはブルガーコフの二番目の妻リュボーフィ・ベロゼルスカヤによって傍証されています。彼の家にはむろん電話はあったし、子機まであったのです。このリュボーフィの証言、さらにブルガーコフが三人目の妻エレーナ・シローフスカヤに語ったところでは、やりとりは次のようでした（ソコロフ前掲書、三五四頁以下）。

「われわれはあなたの手紙を受け取りました。あなたは色よい返事を得るでしょう。本当ですか、あなたが外国に行かせてくれと言っているというのは。では、あなたは私たちに大変嫌気がさしたとでもいうのですか」

「わたしは最近よく考えるのです、ロシアの作家が祖国を離れて生きられるだろうかと。そして不可能だと思われるのです」

「それは正しい。私もそう思います。あなたはどこで働きたいのですか。芸術座ですか」

「はい、そう望んでいました。でも、そう言ったら断わられました」

「そこに願書を出して下さい。彼らは賛成すると私は思いますよ。お会いしてあなたとお話をする必要がありそうですね」

「そうです。そうです。私はあなたとお話することがとても必要です」

「そうですね。何とか時間を見つけてぜひお会いしましょう。では、ごきげんよう」

モスクワ芸術座の演出助手になるという望みは五月一〇日に叶えられました。また『トゥルビン家の日々』も禁止をとかれて上演されるようになりました。しかし、スターリンとの会見が実現することはなかったのです。ブルガーコフはこの会見をずっと待ち望み、その間何度もスターリンに手紙を書き、その下書きで「私の作品の最初の読者になって下さい」と求めさえしました。例のプーシキンとニコライ一世のやりとりめいたことがあったという噂は、根も葉もないものではなかったのです。スターリンは彼の夢魔になったと言ってよいでしょう。ボーレフはブルガーコフがスターリンへ出さない手紙を書き、それに対するスターリンの返事を自分で書いていたと伝えています。もちろん当時の噂ですけれど、これも根も葉もないことではなかったのかも知れません。またこの電話のやりとりで、作家はロシアを離れては生きて行けぬと答えたことを、彼はのちに深く悔んだと言われています。

生涯続いたスターリンへの囚われ

ブルガーコフのスターリンへの囚われは、一九四〇年に死ぬまで続いています。芸術座はスターリンの六十歳の祝いに、スターリンを主人公とする戯曲の執筆をブルガーコフに依頼して来ました。ブルガーコフが『バトゥーム』を書き上げたのは一九三九年のことです。バトゥームとはスターリンの出身地グルジアの都市で、一九〇二年にスターリンはそこでデモを組織しようとして逮捕されたのです。つまりこの劇は若き日のスターリンを描こうとしたわけで、そのためにブルガーコフはずいぶん努力して史料を集めています。しかしこのドラマは政治局の審査を通りませんでした。スターリン自身が「すべての若者はみなおなじようなものだ。若いスターリンについての戯曲を上演する必要はない」と語ったと伝えられています。

この上演禁止については、スターリンがグルジア時代の自分について触れられる、ましてや詳しく調べられることを嫌ったというのが定説になっています。周知のことかと思いますが、スターリンはグルジア時代に帝政ロシアの秘密警察の情報提供者になったという説がむかしから流布されていましたし、またスターリンが党資金獲得のため強盗を行った事実もあります。ブルガーコフは芸術座のスタッフとともに、現地調査のためグルジア行きの列車に乗りこんだところで、突然旅行を禁止されました。現地の文書館まで調べようとしたブルガーコフにスターリンは怖れをなしたというのです。

ですが、ボリス・ソコロフはまったく異説を立てています。彼はコンスタンチン・シーモノフ（戦後ソビエトの花形作家）の「スターリンは芸術的傑作と手慰み的駄作とを見分けられました」云々の言葉を引いた上で、スターリンが『バトゥーム』の出来にがっかりしたのだと主張しているのです。ソコロフ自身がこの作品について「芸術性においてかなり弱いもので……ブルガーコフの他の戯曲とは比べようがない」と判断しています。スターリンの禁止の真意はもちろんこの推論できまりというわけではありません。ただ『バトゥーム』が凡庸な作品だという彼の判断はおそらく正しいので、問題はああまで苦労してこの凡作を書かねばならなかったブルガーコフの執念にあります。彼は何とかしてスターリンの目を自分に向けさせたかったのです。へつらいと言っては正しくありません。ブルガーコフのスターリンへの思いはかなりアンビヴァレントです。しかし、自分の作品の真価をわかってくれる人に対して芸術家は本質的に弱いのです。スターリンはどうして会うという約束を果さないのだろうと、彼は最後まで自問していたそうです。

内心ではスターリンを嘲笑

ブルガーコフがスターリンに対して、内心批判的・嘲笑的であったことには数々の証拠があります。エレーナ夫人は彼がスターリンについて作った冗談話を記録しています。スターリンが『ムツェンスク郡のマクベス夫人』を観に行く話です。これはレスコフの名作を原作とするショスタコーヴィチのオペラで、一九三六年にスターリンのお声がかりで、「荒唐無稽」な「不協和音」として槍玉にあげられた因縁の作です。

スターリンはヴォロシーロフ、ミコヤン、カガノヴィチといった取り巻きを電話で呼び集めます。車を手配するのはむろんかのヤゴーダです。最後になってスターリンはジダーノフを思い出します。「飛行機で連れて来い」。飛んで来たジダーノフには座席がありません。「じゃ俺の膝に座れ、君は小さいから」。一行はボリショイ劇場に乗りこみます。劇場側は大恐慌。ショスタコーヴィチは蒼白になってすっ飛んで来る。支配人、舞台監督、指揮者はてっきり勲章がいただけるものと思って、上着の左側に穴を開ける。ところが第一幕が終っても要人たちの拍手なし、ついに全幕拍手なく、劇場側は蒼ざめる。スターリンは取り巻きと会議を始める。スターリン「私はこれを不協和音とか荒唐無稽という気はない。諸君はどう思う。まずヴォロシーロフ君」。ヴォロシーロフ「荒唐無稽であります」。「ではモロトフ君」。「これは不、不協和音だと、お、思います」。「そうか。どもり始めたな。ではシオニストはどうかな」。ユダヤ人のカガノヴィチ「不協和音であり荒唐無稽でありますす」。「ミコヤンには聞かぬことにしよう、知っているのは缶詰のことだけだからな。ブジョンヌイはどうだ」。ブジョンヌイ「全員やっつけねばなりません」。「なんて喧嘩早い奴だ。まあ合意に達したわけだ。家へ帰ろう」。ジダーノフは意見を聞かれなかったのでオロオロし、車の中でまたスターリンの膝に座ろうとする。「どこに這い上ろうというのだね。歩いて帰れ」。翌日『プラウダ』に『音楽ならざる荒唐無稽』と題する論文が載った。

ごらんの通り、見つかったらラーゲリで最低十年は勤めねばならぬ代物です。こんなものをブルガーコフはいくつも書いて夫人を笑わせていたのです。以前『犬の心臓』の原稿を押収されたことがあるというのに、自宅が捜索されない自信が彼にはあったわけです。その独裁のスタイルを嘲弄しながら、実はあざ笑ってばかりはおれぬスターリンのある種の洞察力に彼は感服もしていたのです。

実は彼には安心してよい理由がありました。一九三六年から三八年に至るスターリンの「大テロル」は、もちろん彼にも恐怖と嫌悪を呼び起したでしょうけれど、一方その過程で、彼を目の仇にして迫害したカーメネフ、アウェルバフ、ケルジンツェフが銃殺されたし、ベズィメンスキー、アフィノゲーノフは除名されたのです。カーメネフは説明不要でしょうが、アウェルバフは「ラップ」の書記長をつとめた文芸理論家、ケルジンツェフは芸術問題委員会の責任者、あと二人は文芸批評家です。スターリンはすでに一九三二年に『文学芸術組織の再編について』という決議を採択し、「ラップ」を解散させており、三四年には全文学者を社会主義リアリズムの路線に団結させる作家同盟を創設させていました。このプロセスは当時、文学者一般からは「ラップ」などの左派によるイデオロギー的断罪の路線が否定されたものとして、好評をもって迎えられたのです。ブルガーコフも同様で、特に「大テロル」の時期、アウエルバフらが銃殺されたときは喜びを隠さなかったといわれています。つまり「大テロル」は嫌悪すべきものであるとともに、彼の天敵を滅ぼす「ネメシス」の働きでもあったわけです。スターリンはこの点でも彼にとって救いの主の一面を持っておりました。

以上長々とスターリンとブルガーコフの奇妙な関係について述べましたのは二つの理由からです。ひとつは『巨匠とマルガリータ』は一九二九年に書き始められたと言われていますが、最終稿は一九三七年から翌年にかけて書かれていて、これはまさに「大テロル」の絶頂期に当ります。この長篇にスターリンの影がささないわけがないのです。もうひとつは、この小説の重要人物である魔術師ヴォランドのモデルがスターリンであるという説が今日に至るまで消えないということがあります。その是非を問うのは作品論の要めになりますが、それを検討する前にこの小説のきわめてざっとした梗概《あらすじ》を紹介しておきましょう。訳文は水野忠夫（集英社版『世界の文学4』）によりますが、部分的には法木綾子（群像社ライブラリー）も用います。

冒頭の三章——巨匠の作品を初めから知っていたヴォランド

物語は「ある春の日の異常なまでに暑い夕暮れどき」、モスクワのパトリアルシエ池のほとりで二人の男が話し合っているところから始まります。一人はモスクワ最大の作家組織「マスソリト」の議長で文芸誌編集長のミハイル・ベルリオーズ、もう一人は詩人のイワン・ポヌイリョフ、ペンネームはベズドームヌイです。前者は禿頭で角縁眼鏡をかけ、後者はハンティングによれよれのズボン。つまり典型的な文学官僚と労働者詩人というわけです。この二人、さらにはこの後の登場人物にはそれぞれモデルがあるらしく、その推定にも諸説がありますが、それはブルガーコフの私怨の世界で、モデルが誰だろうと私たち読者にはどうでもよい話です。

ベルリオーズはかねてベズドームヌイに反宗教的叙事詩を依頼していたのですが、その出来がよくないので、詩人の失敗の理由がどこにあったか説き聞かせようというのです。そこで彼はイエスについて、そんな人物は存在したことがなくまったくの作り話だということを、蘊蓄を傾けて講釈するのですが、そのとき立派な服装をした外国人らしい紳士が現われ、「失礼ですが、興味深いお話なので」と割って入ります。この男の眼は片方が黒、片方が緑でした。その男は「イエスはいなかったというお話だが、神もいないと信じておられるのでは」と口火を切って、二人とその男は神の存在証明をめぐって議論することになります。そのうち男はカントと朝食の時議論したことがあると言い始め、二人はギョッとします。しかも彼は二人のことを何もかも知っているらしく、ベルリオーズは今夜首をはねられると予言する。コムソモールカのアーンヌシカが、もうヒマワリ油を買ってこぼしてしまったからだと言うのです。男は名刺を取り出して自己紹介します。黒魔術の専門家でモスクワへ招かれて来たのだそうで、「イエスは存在していた。それだけのことで証明はいらない、すべては簡単です。……純白のマントをはおり……」と、この魔術師ヴォランドの発言の途中で第一章は終ります。

第二章は「ポンティウス・ピラト」と題され、第一章の終りの言葉を引き継いで、「純白のマントをはおり、真紅の裏地をひるがえしながら、ユダヤ駐在ローマ総督ポンティウス・ピラトは……」と始まるのですが、この章の第一章と異って、完全にそれ自体独立した小説として、きわめて荘重で美しい文体で書かれております。第一章、さらに第三章との接続でいえば、これはヴォランドが二人に語ったことになるはずですが、ずっと読んでゆくとわかるように、実は「巨匠」と名づけられた男が書いた小説の一部分なのです。ですから独立した作品として、第一章とはまったく異なる世界が展開することになります。この小説はヴォランド一行がモスクワに引き起す大騒動を述べるいわば第一層と、巨匠が書いた小説の第二層からなっていて、第二層の巨匠の小説は研究者によって「イェルサレム・セクション」と名づけられている独立の章として、ヴォランド騒動記の中に分散して挿入されるという構造をとっており、この構造自体の斬新さが作品の大きな魅力となっているのです。

第三章はまたパトリアルシエ池のほとりにもどりますが、その接続の仕方は、第二章の終りが「午前十時頃のことであった」とあって、第三章は「そうです。午前十時頃のことでしたよ。尊敬するイワン・ニコラエヴィチ」というヴォランドの科白で始まります。つまり、第二章はヴォランドが二人に語り聞かせた話ということになります。ですが、この第二章はあくまで文章語で書かれていて、語りの口調ではありません。第一、この第二章をそっくり口で語ったら何時間かかることやら。第二章はヴォランドの語りを、その完全ヴァージョンである巨匠の作品に置き換えているのです。

いくらヴォランドが実見したことを語っているにせよ、あとに出てくる巨匠の「イェルサレム・セクション」とまったく同じ文体になるはずもありません。ヴォランドはこの時点ですでに巨匠の作品を知り、全部暗記していることになります。そんなことが可能なのでしょうか。可能なのです。彼は悪魔であり全能なのですから。ヴォランドが最初から巨匠の作品を知っていたとされている点は、これまで指摘されておりませんけれど、とても大事なことだと思います。

「イェルサレム・セクション」――ピラトとイエスの物語

さて、第二章は福音書にも出てくるピラトとイエスの物語ですが、第三章でベルリオーズが言うように福音書とはまったく一致せず、独特の物語になっていて、まさにブルガーコフのこの長篇に託した主題が露出している重要な章です。全篇で最も重要な章と言っても過言ではありません。ピラトはイェルサレムという風土もユダヤの民も好きになれず、任務に倦《う》んで鬱々としている人物として描かれます。権力を担うことに嫌悪さえ感じていて、頭痛と不眠にも悩まされています。いまも頭痛に悩みつつ、ピラトが「イエルシャライムの神殿を打ち壊すよう民を唆したのは汝なのだな」と問うと、イエシュア（イエス）は「善人よ、誓ってそのようなことは」と答えます（第二章は法木訳を用います。法木訳では水野訳のヨシュアがイェシュアと表記されます）。ピラトは「汝は我を善人と呼ぶのか。それは違う。イェルシャライムでは誰もが我のことを血も涙もない人でなしと陰口を言うが、それももっともなのだ」と言い、ネズミ殺しと仇名される残忍な百人隊長に口の利き方を教えろと命じます。ネズミ殺しはイエシュアを物陰へ連れてゆき、鞭で一撃して打ち倒し、総督のことはイゲモンと呼べと言い聞かせます。

再びピラトの前に連れてこられてからの問答は全部紹介したいほどユニークで面白いのですが、まあみなさんご自分で読んで下さい。ポイントはふたつあって、イエシュアが自分のいうことをみんなとり違えている、特にレビのマトヴェイは自分をつけ廻してまちがったことを書きつけていると主張しているのがそのひとつです。このマトヴェイとはマタイのことです。ブルガーコフはこのマタイを四福音書の著者の一人と同一視しています。もうひとつは、イエシュアがピラトの苦悩を察知していることとです。自分を慰めるのは愛犬しかないことまで察知されて、ピラトは汝は医者かと問うてしまいます。言うまでもなく古代において、医師とは魔術によって治療する者でした。

ピラトはイェシュアが人のことをすべて「善人」と呼ぶのが耳ざわりで、「汝は誰でもそう呼ぶのか」と訊ねます。「誰でもだ。この世に悪人はいない」。ピラトは「そういうことをギリシャの書物ででも読んだのか」とせせら笑います。イェシュアがギリシャ語ができることを、それまでの尋問で承知していたのです。「違う、我は自分の頭で考えてそこに行き着いたのだ」。「で、それを説いて回っているのか」。「そうだ」。「それならあのネズミ殺しはどうだ。善人か」。「そうだ。不幸せな人間で、彼と少し話しができればな」。ピラトはこれは狂人だ、何ら危険な煽動者ではないと判断します。ユダヤ人の最高議会はこの男に死刑判決を下しているが、この男は監禁しておくだけでよい。

ピラトの頭痛はいつの間にか直っていました。「もとはと言えば汝が殻に閉じこもりすぎて、ついには人々に対する信頼を失ってしまったからいけないのだ。自分の愛着を犬に注ぎこむものではない。汝の人生は味気ないな。イゲモンよ」などと説教されても、腹は立たないのです。この言葉はブルガーコフがスターリンへ贈る言葉とも読めます。ピラトにスターリン像がいくらか投影されているのは、亀山郁夫の主張するところで（亀山の『熱狂とユーフォリア』『礫のロシア』『大審問官スターリン』にはブルガーコフへのかなりの言及があります）、たしかにそういう一面はあります。ただし一面にすぎませんけれども。

しかし、ここでピラトは書記から重大な書類を渡されるのです。「汝は以前皇帝のことで何か言わなかったか。キリアテのユダとかいう者を知っているか。そいつに汝は皇帝のことをもし言ったのなら、一体何と言ったのだ」。「大体のところ我はこう言った。あらゆる権力は人々に対する強制であり、皇帝もその他のいかなる権力もなくなる時がくるだろう。人は権力などまるで要らない真理と正義の王国に移行するだろう」。ピラトはおそろしい声で叫びます。「そんなものは絶対到来しない」。実はこの長篇はここで最高の地点に達しているのです。これこそマルクスが教え、レーニンが説いたところではなかったでしょうか。そしてソビエトロシアはこの教義を奉じて、史上最強最悪の専制権力を樹立したのではなかったでしょうか。ピラトがスターリンだとすれば、ここにはおそろしいアイロニーがあるわけです。でも彼はスターリンではなく、権力の重荷に苦しむ皮肉な懐疑主義者なのです。彼はもうイエシュアを救うことができぬのを知ります。決定的な告発が書類に記されており、本人がそれを否定しないのですから。ピラトはこのときユダを激しく憎む心が湧くのに自らおどろいたことでしょう。彼は皮肉っぽく「キリアテのユダも善人か」と問い、イェシュアは「そうだ」と答えるのです。ピラトは「放免してくれ」という無邪気なイェシュアの頼みに、「哀れな奴め、ローマ総督ともあろう者が汝のようなことを吹聴した者を放免するとでも思っているのか」と答え、「おお神々よ、神々よ」と呻きます。つまり、権力のない神の国など絶対に来ないと叫んだとき、彼は悲鳴をあげていたのです。イェシュアのこの言葉は彼の心底に届く訴求力を持っていたからです。

次にピラトとイエルシャライム神殿の大祭司との会見の場になります。過ぎ越しの祭を催して、処刑されるべきもののうち一人を解き放つことができます。ピラトはそれがイェシュアであるのを望むのですが、大祭司の決定はヴァル・ラヴァン（バラバ）でした。二人はこの点で激しく対立します。バラバは福音書では強盗とされていますが、今日の新約聖書学によるとユダヤの独立を望むテロリストだということです。ピラトは「流れ者の青二才の聖なる愚者」、「のどかな説教を垂れるあの哲人」をこそ放免すべきだと主張し、大司教は激しくそれに抗論します。このやりとりも緊張をはらんだみごとな出来です。ピラトは集まった群衆に、解放されるのはヴァル・ラヴァンだと告げ、ローマ軍団は処刑されるべき三名を従えて禿山へ向います。ときに十時ということで、第三章に転じるのは前記した通りです。

ベルリオーズとイワンは夢から醒めたようになって、あなたの話だって作り話じゃないかなどと反論を試みます。ところがこの外国人らしい紳士は、二人の耳許でおそろしいことを囁いたのです。「私自身がこういったすべてのことに立ち合っていたのです」。これで間違いありません。この男は狂人です。危険な狂人の外国人がうろついていることを当局に通報せねばなりません。ベルリオーズが「どこにご滞在の予定ですか」と問うと、片目をつぶってみせて「あなたのアパートに」と言うじゃありませんか。もう問答無用。ベルリオーズは電話をかけに、公園の出口に向かいます。するとジョッキー帽をかぶった二メートルはありそうな細長い男が回転木戸を開けてくれます。実はベルリオーズはヴォランドと会う前に、この男の幻影を目にしていて、俺はどうかしていると頭から振り払っていたのですけれど。木戸を出たとたんベルリオーズは滑りました。ズルズルと滑った先に路面電車が突っこんで来てベルリオーズの首は切断され、ころころと道路に転がりました。

詩人のイワンはベンチにへたりこんでいます。足が言うことを聞かないのです。通りかかった二人の女の会話。「アーンヌシカだよ。ヒマワリ油を買って回転木戸にぶっつけてしまったのさ」。何ということか、外国人の予言は成就されたのです。自称魔術師は、片方にヒビの入ったガラスしかはまっていない眼鏡をかけた背高男を連れて姿を消そうとします。イワンの追跡劇が始まります。途中で魔術師一行には二本足で歩く猫まで加わります。

「ソビエト文学」を嘲笑

以上はこの長篇の導入部ですが、みごとな出来栄えというしか言葉がありません。これほどすばらしい発端部を持った長篇は、名作といわれるものの中でもそうそうは数えられません。ブルガーコフはまったく凄腕です。だから詳しく紹介したのですが、あとはざっと行きます。一行を追跡したイワンは裸足、下着姿で、しかも胸にイコン（聖像画）をぶら下げ、手に蠟燭を持って、「マスソリト」の本部である「グリボエードフの家」付属のレストランに現れます。どうしてこんな珍妙な恰好になったかは原作でお読み下さい。当然ボーイは侵入を阻止しようとして乱闘になり、イワンはつかまって精神病院へ送られます。

この場面の含意はあまりにも明白です。イワンの出現以前に、集まった文学者たちがおしゃべりする場面を作者はしっかり書きこんでいて、一般市民の窮乏をよそに文学者が特権的な生活を保障されていたことが明示されています。これは作者の悪意ある虚構ではなく、ソビエト体制において権力に従順な芸術家が、別荘での休暇等々特権的な待遇を受けていたことは、前に引いたイェラーギンの著書にも赤裸々に述べられています。いまや文学者たちはいかにして作家村の別荘に滞在する特権を手に入れるかに血眼で、彼らは本質的に詩人でも文学者でもなく、権力の欲する読み物の製作者になり下っているのです。この第五章ひとつとっても、この作品は世に知られてはならぬものなのでした。ベルリオーズが首を失う一件をみても、この長篇のひとつのモチーフが、スターリン権力の下で「ソビエト文学」なるものをでっちあげている連中、つまり作者の同業者仲間への深い侮蔑であることは明らかです。しかし詩人が魂を喪うのは政治権力へのへつらいのせいだけとはかぎりません。権力といってもいろいろあります。ジャーナリズムもひとつの権力です。私たちはスターリン治下のソビエト文学者たちを果して笑えるでしょうか。

両義性を帯びる魔術師ヴォランド

場面はヴァラエティ劇場の支配人リホジェーエフの部屋に移ります。六階建ての大きなアパートの五〇号室で、五室からなるこの一画をリホジェーエフは故ベルリオーズ夫妻と分け合っていたのです。この五〇号室はかつて宝石商の未亡人の持ちもので、彼女は二人の男に部屋を貸していたのですが、その二人の間借り人も、彼女とその女中もどこへ行ったのか消えてしまいました。そのあとにリホジェーエフとベルリオーズが入居したというわけで、この四人の失踪はむろん、「大テロル時代」に人々がいつ逮捕されて消え去るかわからぬ不条理の中で暮らしていたことを暗示しています。

リホジェーエフとベルリオーズ両人の妻もそのうち消え去り、これはどうも男出入のせいらしいのですが、結局両人は独身暮し。リホジェーエフは昨夜の乱痴気騒ぎのあと二日酔で頭があがらず、ベッドで呻いているという設定です。ベルリオーズが死んだことはまだ知りません。そこにヴォランドと例の背高ノッポと猫が現われ、昨日契約したヴァラエティ劇場での公演の打ち合せに来たというのです。リホジェーエフはそんな契約をした覚えも、この三人に会った覚えもないのだけれど、ヴォランドが取り出した契約書には自分の署名がちゃんとあり、経理部長リムスキーの前払いに関する書きこみもあるのです。そのうち背高ノッポと猫が「地位を利用して酒は飲むわ女と寝るわ。仕事は一向にしない」などと罵り始め、猫が「しいっ、あっちに行け」というと、リホジェーエフは頭がぐらぐらし、気がついてみると海岸の防波堤の上に立っていました。そこは黒海沿岸のヤルタだったのです。

こうやってヴォランド一行は五〇号室のリホジェーエフの居住部分を占拠したわけですが、この五〇号室のベルリオーズの居住部分は、彼が死んだ夜、当局によって封印されていたのです。このアパートの居住者組合の議長ボソイは、ベルリオーズの死を知った連中が故人の部屋を入手しようとして請願してくるのに悩まされています。逃げ出して五〇号室へ行ってみると、何と背高ノッポの変な男がいて、この部屋はリホジェーエフ氏がヤルタへ旅行中、外国から来た俳優ヴォランド氏に貸してくれている、自分はヴォランド氏の通訳だと言うのです。ここでノッポは初めてコロヴィヨフと名乗ります。何だかんだと押し問答の結果、ボソイは結局納得させられてしまいます。何しろ一週間の借り賃に五千ルーブル払うというのですから。

しかもボソイの手の中には外国紙幣が押しこまれ、困りますと言っても、誰も見ていないじゃないですかと押しつけられてしまいます。ボソイが部屋を出ると、コロヴィヨフは早速電話で、ボソイが外貨闇取引きをしていて、四百ドルを便所の通風窓に匿していると密告します。ボソイは自分の部屋に帰るとドルをまさに便所の通風窓に匿し、その直後警察が現れて密告通りにドルを発見、ボソイは逮捕されます。

次に災難が襲うのはヴァラエティ劇場の経理部長リムスキーと総務部長ヴァレヌーハです。リムスキーはいらいらしています。昨日リホジェーエフが気ちがいのようになって契約書を持って来て、金を払うように命じたのですが、リムスキーは当の魔術師なんぞ目にもしなかったのです。それきりリホジェーエフは姿を現わさず家にもいないという。そこに電報が届きました。ヤルタの捜査当局からです。パジヤマに裸足という精神異常者が現われ、自分はヴァラエティ劇場支配人だと言っている。至急リホジェーエフの居場所をつきとめよ。リムスキーは支配人は在モスクワと返電します。そこにまた電報。今度は本人からで、信じてほしい、魔術でヤルタに飛ばされた、身元保証の打電乞うというのです。そのあと何度か電報のやりとり、電話しようとしても回線故障。かくなる上は当局に知らせるしかないと、一件書類をカバンに入れてヴァレヌーハが外へ出ると、猫に似たふとった男と牙を口からむき出した男に襲われ、昏倒したあとリホジェーエフ宅に連れこまれ、そこで裸の若い女にキスされてヴァレヌーハは完全に意識を失います。牙をむき出した男はあとになってアザゼッロと名のり、裸の魔女とともにヴォランドの手下です。つまり、ヴォランドの手下には猫を含めて四人います。

一方、精神病院に入れられた詩人イワンが自分が経験した奇怪な出来事をいろいろと思い返すさまも述べられていますが、ちょうどヴァレヌーハが災難に遭ったあとくらいの時刻、イワンの病室にバルコニーから男が忍びこんで来ます。これこそ「巨匠」と作中呼ばれている男なのですが、そのことはまだ明らかにされず、話はすぐにヴォランドの公演に移ります。

ベルリオーズが死んだのが水曜日で、公演は木曜の夜。劇場は満員です。最初はジュリー一家と名乗る三人組の自転車の軽業。経理部長のリムスキーはいささかも面白くありません。リホジェーエフに加えてヴァレヌーハまで行方不明になってしまいました。魔術師が到着したというので楽屋へ行ってみると、ひびの入った眼鏡をかけた背高ノッポがいるのはいいが、でかい黒猫がいて後ろ足で歩いているではありませんか。

第三部の魔術の部が始まり、ヴォランドは突然空中から出現した椅子に坐って、客席を見渡し、「ファゴット君、モスクワの市民はかなり変ったのじゃないかね」とコロヴィヨフに話しかけます。コロヴィヨフはファゴットという芸名を持っているらしい。「確かに、ご主人」。「市民はひどく変った、外見の話だが、この都市も変った。電車、自動車……」。すると有名な司会者のベンガリスキーが「外国からこられた魔術師は、モスクワの技術的進歩とモスクワ市民に感嘆なさっておられます」と観衆に語りかけます。「いったい私は感嘆したかね」と魔術師はファゴットに訊ねる。「そんなことはありません。ご主人はいささかも感嘆なさってはおられません」。「それでは、あの男は何を言っているのだね」。「口から出まかせなことを言っているだけです」。ベンガリスキーは面目を失います。このヴォランドの口調はスターリンさながらであるのが注目されます。スターリンはよくこんな調子で自分の取り巻きや自分の会見相手をとまどわせて楽しんでいたのでした。

「私に興味のあるのは、バスや電話やそういった……」。「設備！」とファゴット。

「まったくその通り、ありがとう。それよりはるかに重要な問題は、ここの住民は内面的に変っただろうかということだ」（この部分は法木訳に従う）。むろん、ヴォランドはモスクワ人が「ソビエト人間」に変ったかどうかと問うていることになりますが、ここで私たちは例の重要な争点の前に立たされていることに気づきます。ヴォランドはスターリンなのか。そうなら彼は市民たちに「君たちは立派なソビエト的人間に自己変革したかね？　相変らずのブルジョワ根性が抜けぬのじゃないかね」と問うていることになり、ヴォランドがスターリンではなく、ピラト以来、いや天地創造以来の人間の歴史を見て来た悪魔、この長篇のエピグラフに引かれている悪を欲して善をなすあのゲーテのメフィストフェレスであるならば、「諸君はソビエト的人間なんて下らん型にはめられて、自分が人間なのを忘れてしまったのかね」と問うていることになります。この長篇がすごいのはこういう両義性がヴォランドに秘められていることにあります。

さて魔術の第一歩として、ファゴットはトランプのカードを紙幣に変えてみせ、場内の歓呼に応えて天井から観客に一〇ルーブル札の雨を降らします。会場は奪い合いで大騒ぎ。そのとき司会者ベンガリスキーがまた余計なことを言うので、猫がその首を引っこ抜いてしまいます。ショックを受けた会場からの声に応えて魔術師が言う。「よかろう。彼らだってごく普通の人間なのだ。お金が好きなのだが、それはいつの時代だってそうではなかったか。まあ、それもよかろう。首はもとに戻してやれ」。首のもどった司会者は狂気の発作に陥り、救急車で運ばれる。ファゴットが婦人物のお店を開店しますと宣言すると舞台の上には豪華な婦人服、帽子、ハンドバッグ、靴、香水壜の山が積みあげられます。ファゴットがみなさまの古い服、靴、帽子を新品と交換いただけますというと、女性客が殺到し、たちまち変身した自分たちの装いにうっとり。「今晩のショーはこれにて終了」。ファゴットの声とともに、舞台の魔術師は消え去ってしまった。

リムスキーは神経がやられて自分の事務室に閉じ籠っていたのだが、やがてヴァラエティ座の前の通りがえらい騒ぎになっていることに気づきます。窓からのぞくと通りはシュミーズとパンティだけのあられもない姿であわてふためくご婦人たちで溢れている。ファゴットの婦人用品店の商品は宙に消えたのです。このあとリムスキー自身がヴァレヌーハの亡霊のような人物と、死人のような裸女と出会い、恐怖にかられてレニングラードへ逃亡することになります。

さて、幻と消え去った紙幣と婦人用品。それに熱狂したモスクワ市民。作者のメッセージは単純すぎるほど明白でしょう。人間変革という大事業をなし遂げたソビエト社会主義同盟の市民たちの正体はこれなのだ。労働者は社会主義など求めちゃいない。みなブルジョワになりたがっているのだ。でもそれが明白だとしても、魔術師はスターリンであるのかも知れません。スターリンは裏切り者とスパイに取り巻かれているという猜疑心から、あの大テロルを惹き起こしたのですから。やっぱり、正体を暴露したなと、ヴォランド＝スターリンは意地悪い喜びを感じたのだという説も出されそうです。しかし、この説はやはりおかしいでしょう。それなら自分の小ブルジョワ根性を暴露した市民には懲罰が下されねばなりません。半裸で走り廻るなど、懲罰といえましょうか。もっともスターリン説を固執する人は、この長篇はファルスなんだから、懲罰だってファルス化されているのさと頑張るかも知れません。しかし、人間は昔からひとつも変ってはいないのだというヴォランドの科白を素直に解すれば、彼に懲罰の意志がないのは明らかです。彼はただ嘲弄しているのです。誰を？　モスクワ市民を？　いや彼は人間が金と情事が好きなのは当然だと憐んでいるので、そういう人間を嘲弄しているのではありません。彼が嘲弄し、もてあそんでいるのは改造された社会主義的人間という偽りのドグマと、そのドグマを信じたふりをして利益を追求する官僚、とくに芸術官僚なのです。これがスターリンのすることでしょうか。

このあとヴォランドは、というよりその手先の背高ノッポのコロヴィヨフと猫のベゲモートは、方々でいろいろないたずらをしかけて、人びとを不条理な恐怖に陥れます。この不条理な恐怖という点に、大テロル時代の社会的雰囲気を看取する論者は多いし、それは当っているでしょう。そもそもリホジェーエフが一瞬にしてヤルタに飛ばされるという挿話も、スターリンのあごのひと振りで、それこそシベリアにでも中央アジアにでも人びとが飛ばされたそのあてこすりではないでしょうか。コロヴィヨフとベゲモートが惹き起こす騒動をいちいち紹介することはしません。すでに紹介した話と似たり寄ったりですし、作者自身体質的にドタバタ劇とブラックユーモアが大好きなので、これでもかこれでもかと話を作り過ぎている気味があります。ただ、ヴォランド＝スターリン説にここいらで決着をつけておきましょう。

「ヴォランド＝スターリン」なのか？

『ブルガーコフ　作家の運命』の著者サハロフは「『ヴォランドはスターリンであ

る』といったきわめてばかばかしい類型論」と一言で切って捨てています。しかし、同書の解説で訳者の川崎浹が言っているように、そう簡単には問屋がおろしません。川崎は「スターリン・モデル論にも、それなりの理由や系譜がある」と述べ、ブルガーコフ自身が「ヴォランドとスターリンの結びつき」を認めた挿話を紹介しています。ただ「結びつきがある」ということと、両者はイクォールだということとは同一ではありません。私が注目したいのは、シニャフスキーの判断です。シニャフスキーのことはプーシキンに関連してお話ししましたから、もうおわかりですね。彼はこう言っています（『ソヴィエト文明の基礎』みすず書房、二〇一三年）。

「スターリンは「心理的に複雑で、闇のようで、しかしそれなりに詩的」であり、「みずからを神の位置に置き、それに相応しい関係を人々に吹きこみ、暗示にかけることのできた一種の催眠術師なのである」。重要なのは「密告や告発によって社会が大規模催眠術か精神異常にかかったような雰囲気」、「スターリンの暗いエネルギーに貫かれた小説の雰囲気全体である」。

「邪悪な天才たるヴォランドは、なにやら謎めいた理由によって、作家である『巨匠』に対して寛容だった。そしてそのような悪魔ヴォランドの役割をブルガーコフの実人生において演じたのは、スターリンであった」。「ヴォランドの形象のなかに現れるスターリンは、芸術家=手品師という驚くべきユニークな職業に携わり（だから小説中のヴォランドは、プロフェッショナルであり巨匠であり作家であるブルガーコフに共感を抱くのだ）、幻影と錯覚の芸術に完全に没頭している。狡猾さと魔法を身につけたスターリン、全知全能の邪悪な精神の薄暗い孤独を背負って万人の上に立つことのできるスターリンに、ブルガーコフは芸術家の天分を感じとり、ヴォランドを夢想するなかで、この天分を膨らませていったのだろう」。

これはかなり説得的なヴォランド=スターリン論で、ブルガーコフがヴォランドを創り出す上で、つねにスターリンのことを考えていたのは動かぬところでしょう。たしかにヴォランドには、自分の庇護者だったスターリンの一面が反映されているのです。だが、それは一面というにとどまります。シニャフスキー自身「ヴォランドも小説全体も、スターリン的な側面にのみ回収されうるものではない」と言っていますが、肝心なのはヴォランドがマルクス主義的唯物論の嘲笑者であり、悪魔である以上神の存在を認めていることです。スターリンにはまかり間違っても、マルクス主義的唯物論・無神論を否定することはできません。彼はマルクス・レーニン主義という唯物論・無神論の体系によって設計されたソビエト社会の水先案内人なのですから。

そういう唯物論・無神論によって構築されたソビエト社会へのヴォランドの嘲笑のまなざしは、冒頭のパトリアルシエ池のシーンから明らかであり、ヴァラエティ劇場での公演で頂点に達し、彼の手下が引き起こすその前後のさまざまな騒動をも刺し貫ぬいています。イエスなんて作り話だと言うベルリオーズに対して、そうですかね、私はイエスの処刑にも立ち合いましたよと言うヴォランド、人間を改造できるなんてたわ言だと証明してしまうヴォランドが、どうして輝かしき共産主義的人間、つまりは無敵の唯物論的・無神論的ソビエト市民の指導者たるスターリンでありえましょう。ですからヴォランドには二重性があります。彼の手法がスターリンそっくりの悪魔性を持っていることは確かですが、一方その効果はスターリンのなしとげた成果をいちいち嘲笑するものになっているのです。

そもそもヴォランドは何しにスターリン治下のロシアへやって来たのでしょう。というのはつまり作者ブルガーコフは、ヴォランドを何をしにやって来た者として設定しているのでしょう。作者はまるでヴォランドがソビエト社会の虚構と嘘を暴きからかうためにやって来たように書いています。そしてついでに、マルガリータを通して知った巨匠を救出したように書いています。ですが、読者たる私には、ヴォランドは巨匠を救出するためにやって来たので、ベルリオーズ事故死から始まる一連の騒動は、ついでにソビエト市民をからかってやろうとしただけのように読めます。ヴォランドの正体はメフィストフェレスであるらしく、だとすると悪魔が何をもくろんでいるのか、永遠に生きねばならぬ退屈しのぎをやっているのか、もともと知れたものではないのですけれども。

ヴォランドが巨匠の存在を始めから知っていたのは、パトリアルシエ池で語ったヨシュアとピラトの物語が、巨匠の作品そのものと一致していることで明らかです。またヴォランドの手下アザゼッロが、巨匠の恋人マルガリータを「悪魔の舞踏会」のクィーンにするために誘うシーンでも、アザゼッロは警戒するマルガリータに巨匠の名を出して信用を克ちとっているのですから、ヴォランドが彼女をクィーンに選んだのは巨匠の恋人という理由以外にありえません。クィーン役を立派に勤めたご褒美に、マルガリータは恋人の巨匠とともに、ソビエト社会から救出してもらえるわけですが、ヴォランドは最初から巨匠を救出するつもりで、舞踏会は救出劇にそえた趣向のように読めます。

マルガリータがアザゼッロのくれた軟膏をからだに塗りこんで空中へ飛行し、途中巨匠を迫害した文芸批評家の家を叩きこわし、舞踏会のクィーンを勤める数章は、それなりの出来ではあるが、何となく形通りの感じがあります。舞踏会に続々登場する悪人たちも鬼面人を愕かす態に終り、苦労してそれらしき舞台造りをしただけのようです。真の高揚や酩酊が感じられないのです。ここではヴォランドも何となく、えらそうなデクノボーみたいです。まあこの辺は物語がこう言った筋立てや情景のしつらえを必要としたので、作者としても省く訳にはいかないといった次第なのでしょう。

巨匠とマルガリータ

それよりも問題は文字通り巨匠とマルガリータです。この巨大な小説の最大の問題点は巨匠の描きかたが意外に手薄く、何だか印象の弱いぼやけた人間像になっていることです。ヴォランドとその手下の活躍がどぎついまでに生き生きとしているのに対して、苦悩にさいなまれる冴えない男で、マルガリータがひと目でこの男に宿命的な恋をしたというのも、なんだか解せない話です。もちろんそれは彼女の勝手ですが。『巨匠とマルガリータ』はロシアでDVDになっているのですが、巨匠役の役者も、何か囚人あがりみたいな冴えぬ感じでした。一方マルガリータは「美しく聡明」で、「世の多くの女性たちは自分の人生をマルガリータのそれと取り替えるためなら、何もかも打ち捨てる」だろうような女性とされています。地位の高い科学者の夫は「若く美男子で人柄もよく、誠実で妻を熱愛していた」というのに、なんでマルガリータが「巨匠」と見替えねばならぬのか、それもよくわかりません。二人は街頭で出会って、宿命的な恋に落ちたと言うのですが、どうもこのマルガリータというのは、こんなふうに自分を熱愛し、芸術的創造だけに生きたい自分を庇護し世話してくれる女性がいないものかしらという、芸術家独特のエゴイズムの産物のように思えます。実際ブルガーコフにとって、三番目の妻はそういう女性であったようです。この小説では巨匠が無気力に落ちこんでいるのに対して、マルガリータだけが巨匠のために獅子奮迅の働きをしているわけで、これは実生活では無能な男と意志的で実行力のある女という、ロシア文学伝統の組み合わせの一例と言えましょう。

さてこの「巨匠」とマルガリータが呼んでいる男はどういう人物かと言いますと、先に精神病院に収容されている詩人イワンの部屋に、窓際から男が侵入して来たと申しましたが、そのときこの男が自分の身の上をイワンに語るという仕組みになっています。

イワンの見たところ三十八歳くらいの不安そうな男で、会話を交わすうちにイワンが詩人のベズドームヌイと知ったその男は、彼の詩を気に入らぬと言い、自分の詩をよいものと言い切れるかと問う。「ひどいものです」とイワンは「率直に断言し」、「もう書くのはおよしなさい」と男は「懇願するように言った」。「約束します、誓います」とイワンは答える。ソビエト官製詩人が一人死に、詩の端緒に立ち返ろうとする男が一人生まれた。パトリアルシエ池の事件以来の出来事を通じて、イワンはすでに覚醒していたのです。この問答はとてもいいですね。イワンが自分の経験したことを語ると、彼はあなたが会ったのは悪魔だと断言し、自分がここに入れられたのはポンティウス・ピラトの小説を書いたからだと明かすのです。

彼は自分のことを「巨匠」と呼び、名前はもうないと言う。大学で歴史学を学び、二年前までモスクワの博物館に勤めていた。五カ国語できて翻訳もやっていた。ところが突然一〇万ルーブルの宝くじが当った。勤めをやめてピラトについて小説を書き始めた。街角でマルガリータと会って突然恋に落ち、彼女は彼のもとに通って来るようになった。幸せな日々だった。彼の小説が雑誌の編集部から断られ、新聞に抜粋が発表されるや、批評家たちから袋叩きにされるに及んで、幸せな日々は終った。

『巨匠とマルガリータ』は一九六六年から翌年にかけてソ連の雑誌に発表されましたが、削除なしの完全版が出たのは一九六九年フランクフルトで。ソ連国内では一九七三年でした。一九八九年から翌年にかけて出た五巻本の選集にも入りましたが、版によりいろいろと異同があります。水野訳と法木訳でも異同がありますが、それが最も大きいのは、今紹介している巨匠の迫害談のところです。水野訳ではモガルイチという人物が出て来て、巨匠に近づき彼のアパートをとりあげてしまうが、法木訳にはこのくだりは一切ありません。

しかし細部にこだわらずに話を進めると、巨匠は結局恐怖と不安にかられて原稿を焼いてしまいます。このあと彼は逮捕され、三カ月投獄されます。この投獄一件は巨匠がイワンの耳許でささやき、その内容は明示されていません。投獄されたのだなと推測できるのは、一月半ばの夜ふけ、私はボタンのとれた外套を着て庭に立っていたと述べているからで、日付が三カ月とんでいるし、ボタンのとれたというところで、投獄されていたのだなと読めるのです。これも興味あるところで、作者はこの作品を筐底にかくして発表しなかったのですから、はっきり書けばいいところをぼかしています。これは今、発表できぬとしても、一応発表のことを考えてしまう作者の習性なのかも知れません。マルガリータとのわかれを「彼女が去ってから十五分後に、わたしの窓をノックする音が聞えました」となり、これは政治警察のノックだと暗示されています。一人庭に立っていたというその夜、彼は進んで精神病院にはいり、もう四カ月になるというのです。

巨匠のこの迫害物語、その間にマルガリータとの間に燃え上る純愛の物語は、私にはあまりいい出来とは思えません。批評家たちの言説に脅える巨匠はあまりにもひ弱ですし、マルガリータは恋人をいじめる敵を憎む単純な女にみえて、本当はここで腕を振わなくてはならぬところで、形通りの受難話になってしまっています。なんだか、かわいそうな二人がいるという感じです。やはりこういう話はブルガーコフは苦手なんじゃないでしょうか。権力に対して男女が寄り添ってささやかな個を守り、権力の否定する世界への神秘な感覚を花咲かせてゆくといった話は、やはりパステルナークの得意とするところで、ブルガーコフには向いていません。ブルガーコフはもっと辛辣な感覚の持ち主です。

巨匠はこのあと、ヴォランドの魔法によって病院から解放され、マルガリータと再会し、焼却したはずの原稿も取り戻します。その際ヴォランドが発する「原稿は燃えないものです」という科白は、この作品を論ずる人たちが必ず引用するところで、文学不滅の宣言として独り歩きしている観がありますが、そんなに感心しなければならぬものですかねえ。言うまでもなく原稿は燃えますし、文学は不滅ではありません。ゴーゴリは『死せる魂』の第二部原稿を焼き、それはもう取り返す術はありません。何かきれいごとのような気がしてなりません。

古典彫刻のようなピラト像

しかし、ヴォランドが甦えらせたピラトの物語、いわゆる「イェルサレム・セクション」の出来はすばらしいです。これは三つにわかれていまして、第一のパートはすでに紹介しました。第二のパートはヴォランド一行がモスクワでいろんな騒ぎを起こしたあとに挿入されていて、ヨシュアの処刑を叙べています。マトヴェイが処刑の様子を遠くから見ていて、すべて終ったあと師の亡骸を十字架から降します。ヨシュアについて特別な描写はありません。「エリ、エリ、レマ、サバクタニ」とも言いません。マトヴェイの焦燥と後悔に焦点が当てられて、それがブルガーコフ版処刑シーンの特徴になっていると言えます。淡々たる処刑の描写で、きっちりと明確に単純に造型されています。ふつうの残酷な処刑です。第三のパートは、巨匠とマルガリータがヴォランドに救われて、以前巨匠が住んでいた家へ帰ったあとに挿入されていて、ヨシュアの処刑がすんで、ピラトが鬱々としているところから始まります。ピラトの前にやがて頭布をかぶった男が現れる。これは第二のパートで、ピラトから秘かに命じられて、ヨシュアの最期を見届けた男で、あとで総督つき秘密警護隊長アルタニアスだとわかります。ピラトはアルタニアスにヨシュアの最期についてたずねます。ヨシュアは与えられた飲みものを拒み、「深く感謝し、自分の生命を奪ったことを責めはしない」と言い、さらに「臆病は人間のもろもろの罪悪のなかで最も重要なもののひとつだ」と語ったというのです。そして「絶えず、周囲にいる者を一人一人、じっと目をみつめようとし、絶えずなにか当惑げな微笑を浮かべていた」というのです。

それを聞いたあとピラトはアルタニアスにユダのことをたずね、彼が今夜刺殺されるという情報があるので保護せよと命じます。アルタニアスがそんな情報ははいっておりませんがと言っても、ピラトは自分には予感がする、「この予感はいまだかつて私を欺いたことがない」、ヨシュアの友人たちが「今夜彼を殺し、裏切りの代償として受け取った金を、《呪われた金を返す!》という書きつけとともに大祭司の邸宅に投げ返そうと決めたらしい」と言い張り、ユダの警護のために万全の措置を講じろと命じます。疑問を呈するアルタニアスに、ピラトは「それでもとにかく、今日、彼は殺されるのだ。わしには予感がする。ほんとうにそうなのだ。予感がわしを欺いたためしは一度もなかった」と繰り返すのです。ここでアルタニアスはピラトの真意を悟ります。「わかりました。それでは、彼は殺されるのですね、閣下」。「そうだ」。

いつも頭布で顔を匿しているこの警護隊長は、ピラトと長いつきあいで彼の深い信任と友情を得ているらしく、彼自体興味深い人物です。実はこのアルタニアスがヴォランドの前身だなんて奇説もあるらしいのですが、それは問題になりません。

彼は女を使ってユダをゲッセマネの園におびき出して部下に刺殺させ、ユダの懐中にあった財布、ヨシュアを売ったあの銀三十枚のはいった財布を大祭司の邸宅に投げ入れさせるのです。

アルタニアスを送り出したあと、ピラトはまた深い憂悶に陥ります。「はっきりしていたのは、今日の昼間、彼が取り返しのつかぬかたちで何かを失ってしまったということであり、いまになって、失ったものを、とるに足らぬくだらぬ行為でもって、しかも時機を逸した行為で償おうと欲していること」なのです。夕食をとり、「朝にはヨシュアに対する審問を行なったバルコニー」に寝床をしつらえさせても、眠りはなかなか訪れません。「澄みきった空高く満月がかかり、総督は何時間も月から目を離さないで、眺めつづけていた」。それでも真夜中ごろやっと眠りが訪れ、愛犬バンガとともに眠る彼はやがて夢を見ます。

「総督は光り輝く道に沿って歩きだし、まっすぐ月を目ざして上昇しはじめた。彼は幸福のあまり眠ったまま笑いだしたほど、蒼白い透明な道にあっては、なにもかもが二度とくり返されないほどすばらしかった。彼はバンガを従えて歩み、横には放浪の哲人が肩を並べて歩いていた……このとおり、人は誰でも善人であるなどという信じられないほど愚劣なことを考えだした哲人は、いま自分と並んで歩いているではないか、つまり彼は生きているというわけだ。そして無論、この男を処刑できるなんて、考えただけでもまったく恐ろしいことである。処刑はなかった。そう、なかったのだ。……しかしながら、わしを憐れんでくれ、哲人よ！　皇帝に対して反逆罪を犯した者を救うために、ユダヤ総督が自分の輝かしい生涯を滅ぼすであろうなどと考えられるだろうか。……ピラトは夢のなかで呻き、すすり泣いた。もちろん、彼は自分の輝かしい生涯を滅ぼすことだろう。朝のうちならそうしなかっただろうが、いまこの深夜に、すべてを秤にかけて、身の破滅に同意しようとしている。気の狂った罪のない夢想家で医者である一人の男を処刑から救うためなら、彼はどんなことでもやりかねないだろう」。夢の中で「ぼろをまとった放浪の哲人」が語りかけます。「これから、わたしたちはいつも一緒にいるだろう」。しかも語りつつ月光の中を歩むこの二人は「きわめて複雑で重要な問題について議論していたが、いずれも相手を説得することができなかった。彼らはいかなる問題においてもたがいに一致せず、それゆえ、二人の議論はこの上なく興味深く、そして果てしがなかった」のです。

「夢はすばらしいものであったが、それだけに総督の目覚めはいっそう悲惨なものであった」。アルタニアスが報告にやって来たのです。ユダの保護に失敗し、彼は殺されたというのです。ピラトはユダ殺害の状況をくわしく聞き出し、アルタニアスが責任をとって退職するというのを慰留して、宝石つきの指輪を与えます。このあと、マタイがピラトの前に連れ出され、一連の問答となりますが、その中で重要なのは、自分の文庫の管理役につけてやろうというピラトの申し出を、マタイが断ったのに対するピラトの言葉です。「おまえはヨシュアの弟子をもって任じているようだが、しかし言っておこう、おまえは彼から教えられたことを何ひとつ身につけはしなかった。なぜなら、もし身につけていたとすれば、おまえはきっとわしから何かを受けとったはずだ。よく聞いておけ、彼は死ぬ前に、誰も責めはしないと言ったのだ」。ブルガーコフがマタイをドクトリンを固守するのを義とする者と見ているのは明白です。この第三パートは特にすばらしい出来でありまして、未来派風のはちゃめちゃ騒ぎ、現実の次元を取り払ったような悪魔的ドタバタ劇の名手であるブルガーコフは、荘重静謐な古典的文体で、まるで彫刻のようにピラト像を造形することもできるのです。まったく作者は才能において第一級と言わねばなりません。

聖書とは異なるイエス像

このあと、話は捜査当局による一連の事件の調査、問題の五〇号室の手入れ、コロヴィヨフとベゲモートの外国人専用店とグリボエードフの家での最後のひと騒動と続きますが、これも省いてよろしいと思います。ヴォランド一行は巨匠とマルガリータを連れてモスクワを立ち去り、この二人はヴォランドの指示したかくれ家へと向かって、この長篇は完結するのですが、この最後の結びにおいては、問題になるのは三つの事柄だと思います。

ひとつは、ヴォランドがモスクワの古い建物の上で、この古都に別れを告げようとしているところにマタイが現れて、「あのかた」からのヴォランドへの依頼を告げる一件です。「あのかたは巨匠の書いたものをお読みになった。そして、おまえが巨匠を一緒に連れて行き、安らぎを与えてやることを頼んでおられる」と言うマタイに、ヴォランドは「どうしておまえたちは、彼を自分たちのところに、光のなかに連れて行かないのだ」と問います。「彼は光に値しない、彼は安らぎに値するのだ」とマタイは答えます。

『ブルガーコフ　作家の運命』の著者サハロフはここのところを真正直に受け取って、巨匠が光に値しないのは臆病だったから、つまり、不屈な闘いの精神に欠けていたからだと解釈しています。そうじゃないでしょう。作者は「頼みは引き受けると伝えてくれ」と答えるヴォランドが、「目に怒りを燃えたたせて」いたと書いています。マタイの言う光はブルガーコフにとっての光ではないのです。マタイが「あのかた」というのは、実像としてのヨシュアでなく、マタイ自身もそのひとつを書いた（むろんこれは小説上の仮構ですが）福音書のイエス、つまり現世にキリスト教社会として出現する機構の側にあるイエスなのです。巨匠を通じてブルガーコフが愛情こめて描き出したヨシュアは、マタイのイエス、福音書のイエスでは決してありません。マタイはこのとき、マルガリータも一緒に連れ出してくれと頼み、ヴォランドはそれも承知します。

ヴォランドはマルガリータも連れ出してくれというマタイの頼みに、「そこまでは思いつかなかった」と返事しているのですから、巨匠の救出はマタイが頼まなくても彼の予定にはいっていたことになります。そうするとブルガーコフはなぜ、ここにマタイを登場させ、巨匠の救出を頼ませたのでしょう。また、巨匠の救出はマルガリータが悪魔の大舞踏会のクィーンを勤め上げたご褒美なのだから、ヴォランドがマルガリータを打ち置いて巨匠だけを救出するつもりだったというのも変な話です。第一「あのかた」とは誰なのか。ヨシュアはピラトに審問されて、マタイのことを自分を誤解して、自分の考えでないことをノートに書きつけている困った男だと言っていますし、ピラトもマタイはヨシュアの弟子たる資格はないと考えています。どう考えても、この屋上でのヴォランドとマタイのやりとりは辻褄が合いません。結局この場面は、巨匠とその愛人を救出するヴォランドの動機づけのため設けられているのでしょうが、矛盾だらけで無用のシーンと言わざるをえないようです。このシーンで生きているのは、安らぎは与えるが光は与えないというマタイの言葉に、ヴォランドが軽蔑を示すところだけだし、ブルガーコフの真意もそこに露呈していると思います。

第二は一行の空中飛行の果てに、ピラトが解放されるシーンです。「平坦な山の頂の石だらけの殺風景な場所」に置かれた肘掛け椅子に坐り、愛犬を横に従えてピラトは、ヴォランドの説明によれば「二千年ほど坐り続け、眠っているのですが、満月が昇るたびに不眠に悩まされるのです。……月明りのもとでも安らぎはない、自分の任務はつらいものだ、とくり返しているのです」。ヴォランドは巨匠にあの小説の結末をつけよと求めます。巨匠が「おまえは自由だ！ 彼がおまえを待っているのだ」と叫ぶと、山々は崩れて「光り輝く偶像のある巨大な町」すなわちエルサレムが出現し、「総督が長いこと待ち望んでいた月光の道がまっすぐに伸びて来て」、まず犬がその道を走り出し、ピラトも泣き出しつつそのあとを追って「月光の道をひたすら駆けて行った」。

これはこの巨大な物語の中でも、とても美しく解放的なシーンのひとつと言ってよいでしょう。ピラトについては、ヴォランドと同様スターリンの面影が託されているという説があり、それにはアルタニアスにユダ殺害を指示するやりかたなど、否定しがたい一面もありますが、権力を担う義務を強く意識しつつ、なおそのことへの嫌悪にたえかねているピラトは、スターリンとは根本的に異なるキャラクターです。ピラトがヨシュアにどうしようもなく魅かれてゆくというモチーフは、巨匠が書いた物語の根本をなしております。この点は再説したいと思います。

第三は巨匠とマルガリータが安住すべき隠れ家を見出すことです。ヴォランドはピラトのあとを自分は行くのか、それともエルサレムへ降りてゆくのかと問う巨匠に、「わたしがすすめ、そしてイエスがあなたたちのために頼んでいたのは、それよりもずっとすばらしい未来なのだ」と答えます。その未来とは昼は花咲く並木道を恋人と散歩し、夜はシューベルトを聴き、蠟燭の光の下で鵞ペンを走らせる生活なのです。そこにはすでに年老いた召使いも待っているというのです。ヴォランドが別れを告げると、岩山も月光の道もエルサレムも消失し、二人は「朝の最初の光を浴びて、石ころだらけの苔むす小さな橋を渡り始めた」。先には「ヴェニス風の窓と、屋根のところまで高く伸びている葡萄の蔓」が見えます。これが巨匠の「永遠の家」なのです。

このような結末をサハロフは、二人はただ安らぎを与えられただけだと、甚だネガティヴにうけとっています。だが私たちは全く違った読解ができるでしょう。ドクトル・ジヴァゴがラーラとソビエト権力から逃れて、ひと冬を詩作に明け暮れたベルイキノを連想できるでしょう。ヴォランドは「ファウストのように、新しい小人をつくり出せるのではないかと希望に胸をときめかせながら、蒸溜器《レトルト》に向かっていたいとは思わないのか」と、巨匠を唆しているではありませんか。さらにピラトとヨシュアは、もう二人きりにさせておこう、もしかすると、二人は何かの点で話が一致するかも知れぬとも言っているのです。つまり国家権力は消滅し人はみな善人であるような状態を夢想するヨシュアと、国家権力の存在を必要とする現実において、その権力の一端を担い続けねばならぬピラトの出会いの物語はもう終ったのだ、もっと新しい作品を書けと促がしているのです。安らぎの家は巨匠にとって新たな仕事の家となるのです。これはブルガーコフがおのれに課した未来であります。さすれば何で、それが単なる安らぎの家でありえましょう。ブルガーコフにとってピラトがスターリンの一面を持っているとすれば、スターリンとの葛藤はもう終ったのだ、スターリンから解放されたのだと、ヴォランドは巨匠に告げていることになります。巨匠はこのあとどんな作品と取り組むことになるのでしょうか。それはヴォランドなどの関わることのできる問題ではありません。

国外にしかありえなかった「安らぎの家」

それにしても、ヴォランドが巨匠に与えたこの家はどこにあるのでしょうか。なんだかイタリアのような風情もあります。ブルガーコフはソビエト当局に、国外へ追放してくれと何度も請願しています。スターリンとの電話で、ロシアの作家はロシアという風土を離れては生きられないと語ったことを後悔しておりました。これは明らかにスターリンへのへつらいです。巨匠の「安らぎの家」がソ連国外にあるのは明らかなことです。もともとブルガーコフは白軍とともに国外へ亡命したかったのですし、ソ連国外の表現と出版の自由が保障された環境で、作家活動をしたいと切望しておりました。だとすれば、巨匠の新たな隠れ家が、イタリアであれどこであれ、ソ連国外にしつらえられたのは明白です。

この巨大な物語のエピローグには、例の詩人のイワンが登場します。彼はもう詩人ではなく、歴史哲学研究所の教授になっています。巨匠と約束したように、社会主義体制の御用詩人たることをきっぱりと辞めたのです。物語がイワンの感慨で締めくくられているからでしょうか、論者の中にはこの長篇をイワン・ベズドームヌイの物語として解釈したい人もいるようです。とすると、これはイワンの覚醒の物語ということになりますが、空疎な革命詩人から脱却したといっても、彼はマルクス・レーニン主義の教条を看板に掲げねばならぬ研究所の所員なのです。この種の研究所は、ソ連体制下で良心と学問のレベルを何とか維持しようとする知識人・研究者の隠れ家の機能を果す面があったらしく、バフチンにせよシクロフスキーにせよ、またプロップにせよ、この種の研究所員として立派な業績をあげています。イワンもまたその可能性を秘めているのですが、と言って作者ブルガーコフの切実な課題からすると、それはあくまで挿話的なものと解するのが正しいでしょう。この長篇がイワンの近況で締めくくられているのはあくまで、巨きなドラマの余韻としてであると解されます。

救出された作品

結局この面白すぎる長篇小説は何を表出しているのでしょうか。ブルガーコフ個人とスターリンとのいわく因縁からして、ヴォランドやピラトにスターリンの面影を読みとること自体は、誤っているとは言えません。スターリン時代の文学者の生態学の一資料としてこの作品を読むことは可能かつ有意義ですし、そういう読みはすでにさんざんなされてきました。しかし、それはこの小説自体の読みにはならないのです。

ヴォランドからスターリンの影をもう追い払ってよいときです。それにとらわれていたら、この小説のモチーフがぼやけてしまいます。ヴォランドは所詮悪魔であり魔法使いであって、ブルガーコフがこの作品で表出したかった念慮を、都合よく実現してくれるからくりにすぎません。鬼面人を愕かすような彼の外観・所作をよく眺めれば、そこに人格的実体がないことに気づくはずです。彼の手下たちもおなじことです。彼らは都合よく現れた時の氏神にすぎません。ヴォランドはなぜモスクワへなど来る気になったのでしょう。そもそも来る必要があったのでしょうか。そこを考えてみれば、彼を呼び出したのは巨匠＝ブルガーコフの念慮にほかならぬことがよくわかります。

この小説は何を言っているのかと問うことは、そもそもヴォランドは何をやったのかと問うことと同じです。ヴォランドはふたつのことをやりました。ひとつはソ連社会主義社会の虚偽、特に芸術官僚の俗悪を暴き、嘲笑することです。もうひとつは巨匠とその愛人をソビエト権力の支配から救出することです。前者はブルガーコフの幻想的ドタバタ劇の才能とあいまって、この小説の奇想天外な面白さを構成しておりますし、ソ連社会主義への風刺としても大変よく出来ております。ブルガーコフにはソビエト社会への根深い違和と反感があって、それをこの発表が望めない小説で、散々ぶちまけているのです。仮にこの小説がこの要素だけで終っているとしても、秀作たることに疑いはありません。しかし、その場合、この小説は、社会主義ソ連が消失した今日、かなり単純な意味合いを持つ傑作ということになるでしょう。ザミャーチンの『われら』と較べてみても、社会主義の名を冠した全体主義社会の批判として深みに不足するのは否みようがありません。

後者の巨匠救出という要素は、これがブルガーコフの切ない願望の表出であるだけに、なかなか切々と書かれてはいますが、巨匠の弱々しさとマルガリータの純愛と元気だけでは、救出にもうひとつ魂がこもらないような気がします。よかったねとは思うものの、切実さに欠けるとでも言えばよいでしょうか。ところが結果として、巨匠の救出がヴォランドの事業の大きな眼目たりえているのは、巨匠が「イエルサレム・セクション」、あのヨシュアとピラトの物語の作者だからです。救出されたのはこの作品なのです。この作品こそが救出に値したのです。

作者とは何者でもありません。作品は作者を超えるものです。それがすべてです。「イェルサレム・セクション」を含むからこそ、この小説は偉大と呼べるのです。おのれが憎むソビエト社会の虚偽をさんざんあざわらい、おまけにそれから脱出できたからと言って、巨匠＝ブルガーコフはおのれの念慮を遂げただけのことです。実際のブルガーコフは巨匠よりずっと勁い男だと思いますが、そんなことより、巨匠に「イエルサレム・セクション」を書かせたことで、ブルガーコフは芸術家として勝利したのです。もちろんこの「セクション」は『巨匠とマルガリータ』という全体の中に置かれ、ヴォランド騒動と巨匠・マルガリータの純愛物語と照らし合っているからこそ、その勝利は完璧なものになっているのですが。

どんな政治権力の下にも「自由」はある！

ヨシュアとピラトの物語は、ソビエト社会の中に異端として取り残されたブルガーコフが、ずっと考え続けたことの結論となっていると思うのですが、それは結局何を語っているのでしょうか。ヨシュアは他者（むろん人間だけでなく自然も含む他者）に心を開こうと努め続ければ、人はみな善人だと信じ、さらにその信念通り実際生きようとしている「哲人」であり「夢想家」です。もちろん、言葉として表出すれば、そんな考えは平々凡々たるもので、特に感心する態のものでもありませんが、ブルガーコフが描出しているその人間的形象は何か深く心をひきつけるものがあります。ピラトが彼にひかれたのはそのこともありますが、何よりも自分の孤独を見抜く、というより掌でさわるようにヨシュアが感じ取ったことにショックを受けたのでしょう。ピラトは現実にローマ帝国の権力の「冷酷な」担い手ですから、ヨシュアの夢想を躍起になって否定せずにはおれません。しかし、いかなる権力もなくなるだろうというヨシュアの「夢想」は、にもかかわらずピラトの心奥に届くのです。

二人は満月へつながる光の道を、決着のつかぬ議論を続けながら昇って行くと書かれています。この世に何らかの形の支配が、つまり権力がなくなることはありえないのに、一切の権力のないありかたこそ人の世の本当の在りかただというのも紛れもない真実なのです。この両極のせめぎ合いの中で、最善を求めたいというブルガーコフの志向は、国家の廃絶を唱いながらかつてない国家全能の社会を作り出してしまった「革命」権力の下で生きる文学者として、抜き差しならぬ切実なものであったはずです。この小説の魅力の根本はやはり、幻のように揺れて天空にかかっている「あらゆる権力のないこの世」にあるのだと思われます。しかも、作者は先述した通り、もはやこのテーマから去って、さらに先に進むと宣言しているのです。

そのとき作者の生命はもはや尽きようとしていたのですけれども。

彼は遺作『劇場』の中で、「おれはほんとうのことを言いたい。完全な真実を語りたい」と主人公に言わせています。巨匠は隠れ家に連れ出されることで、真実を語る自由を得ました。ブルガーコフもこの自由をどんなにか切望していたことでしょう。しかし、真実を語る自由を得たからと言って、真実が語れるとは限らないのです。実際に達成できる表現の自由とは違って、真実は永遠の課題です。七〇年代以降西欧に脱出した旧ソ連の文学者は、表現の自由さえあればあとは意のままと思いこんでいた節があります。そして西欧社会の現実に直面したとき、何を表現すべきなのか、困惑に陥る場合も見られました。ブルガーコフはどんな権力の下でも、表現は自由だと証明してみせました。書いて机の引き出しに隠しておけばよいのですから。むしろ彼は何が真実なのか、永遠に模索し試行せねばならぬと感じつつ死んだのではないでしょうか。それが作家の運命であります。

ロシア文学と私

私は文芸評論家ではなく、いわんや文学研究者でもなく、ただの読者として生涯、西洋文学に親しんで来た。省りみれば、なかでも十九世紀ロシア文学がいちばん自分の性分に合っていた気がする。もっとも老来、若いころは退屈に思えた英文学に慰めを見出すようになって、結局自分はこういう地に足のついたコモンセンスの世界が肌に合っていたのだという、少しは気落ちしないでもない心境になっているけれども、やはり少年の日から親しんだロシア文学への郷愁は絶ちがたい。

というのは、私が世の中には西洋文学ってしろもの
があると気づいたのは、中学二年の二学期のことだが、最初に読んだのが『戦争と平和』の岩波文庫本第三巻（だと思う）、『貧しき人々』、それにツルゲーネフの『初恋』あたりだった。『戦争と平和』を途中の巻だけ読んだのは、それしか入手できなかったからだが、それはちょうどナターシャの駆け落ち未遂のくだりで、それを誇り高く許さなかったアンドレイが腹立たしく、日記にナターシャへの同情を書きつけた記憶がある。『戦争と平和』を全巻読んだのは翌年で、これは分厚い何とか叢書の二巻本（？）だったと思う。『貧しき人々』から与えられた感動は、幼い感傷のようであっても、実は私という人間にとって本質的なものだったと今にして思い当たる。しかし、ドストエ

フスキーの正体がこの処女作でわかるはずはなく、長篇三部作を読んでいれこむのは、これまた三年生になってからのことである。でも、グリゴローヴィチとネクラーソフが原稿を読んで感激し、ベリンスキーのところに持ちこむいきさつなど、人名ともどもしっかり覚えこんだ。『初恋』ではロシア文学特有の「強い女」に初めて見参したわけだが、主人公を翻弄する誇り高い女王様が、実は主人公の父の情人で、彼に屈従する姿を主人公が目撃するシーンなど、ははあ、そうなのかと少年の私は目が開けた。

むろん、ロシア文学ばかり読んでいたのではない。ご多分に漏れず『ウェルテル』にいかれ、ヘッセの『車輪の下』には、戦時中の学校への反発もあって、ただならぬ共感を抱いた。他にもいろいろあるが、要するに初めて西洋文学という悪女に触れて目が眩んだのである。

そのあと三年生の八月に敗戦がやって来た。そして四年生が終了する一九四七年の三月末、私は大連を去った。その間、西洋十九世紀文学の主要作家はひとわたり齧り、最後はジイドとドストエフスキーを信仰する結末となったが、それもただ昭和十年代の流行に従ったにすぎない。特にチェーホフにいたる十九世紀ロシア文学の大作家たちの主要作品のかなりを、この二年半ばかりのうちに読んでしまったと思う。

大連はロシア人が原型を作った街だけれど、そういうことは別に関係はなかったと思う。敗戦後ソ連の支配下にはいり、中学ではロシア語の授業が始まって、文法をひと通りあげてしまったが、それも関係はなかった。要するにロシア文学が西洋文学の中でもつ特異性、たとえばフランスにそれが紹介されたとき、こんなふうに世界は何であるのか、その中の人間と社会はいかにあるべきか、といった思想的・倫理的主題を扱う文学が存在するのか、文学とはそんなものではないはずなのにという当惑と衝撃を与えた事実に証し立てられている特異性に、私の本性が照応したということだろう。

つまり私は、純粋に文学にいれこむ少年ではなかったのだ。そのころはそのつもりだったが、それは少年の錯覚で、私は文学そのものの美とかおもしろさよりも、文学を思想として歴史として、人間が生きて来た事実として読む種類の人間だったのだ。だから、ロシア文学が性に合った。人はいかに生きて来たか、いかに生きるべきかとそれは問うていたからである。

その後、ロシア文学との関係は消長があった。一九四八年の春、第五高等学校にはいったとき（学制改革で、最後の五高生になった）、迷わずに第二外国語にロシア語を選んだ。私はすでに共産党員だったから当然の選択ともいえるが、そうでなくとも、そのころゲルツェン、ベリンスキー、ドブロリューボフ、チェルヌィシェフスキーを知識人の鑑みたいに思いこんでいたから、そういう「革命的民主主義文学」の研究者になるか、といった気もあったと記憶する。

そのうち党から離脱したこともあって、ロシア文学熱は鎮まり、カフカ、ヴァージニア・ウルフ、フォークナーへの熱中が続いたけれど、もうその頃は、自分に才能が少しでもあるとすれば、文学よりもっと広い精神史についてだと自覚するようになっていた。従って、ロシア文学への関心がぶり返したのもやっと八〇年代にはいってからで、そのきっかけはパステルナークとソルジェニーツィンへの切実な共感、それにブーニンの新発見だった。

ただしその前、七〇年代に、ゲルツェンの『ロシアにおける革命思想の発達について』を読み、ロシア近代と日本近代のあまりにもの親縁に驚き、資本制社会への心情的抵抗線が、ロシア・スラヴ派から日本右翼思想家にまでつながっている事実を痛感して、ドストエフスキーの悪名高い『作家の日記』と取り組んだことがあったのを忘れてはなるまい。

最後に、先に触れたことをもう一度確かめておきたい。私は中学二年の秋以来、日本といわず西洋といわず文学というしろものとずっと縁の切れなかった人間である。自分に文学の才能はないと見極めて、文筆の対象を文学以外に求めるようになってからも、小説や詩を読む習慣が途切れることは片時もなかった。

しかし、今つくづくとわかるのだが、私は文学の純粋な賞玩には向かない人間なのである。絵画が当初は歴史・神話・文学の要素を多分に含むものだったのに、十九世紀末から二十世紀初頭にかけて純粋絵画の理念の下に、そういう要素をすべて追放した形と色と空間の運動に変化したように、近代文学も純粋詩・純粋小説、つまりは歴史や思想とは手を切ったコトバ自体の独立した運動へと向かった。そういうふうに純化した文学のよき読者であることが私にはできなかった。

そこまでいわずとも、ある作品のつくりの巧みさ、独特の美、玄人と自任するような読者が感応するはずの風趣や仕掛け、そんなものに私は反応しないといえばよいのか。反応しないというより、する能力に欠けているのだ。そういう骨董を賞玩するような態度で文学に向かうことができない。第一、骨董というのが、どこがいいのかわからない。というのは形というものの美、つまり芸術がわからないわけで、もともと文学は芸術ではないと考えているのだ。そして、そういうものとして文学を愛して来た。だからディケンズが好きなのである。

私が十九世紀ロシア文学を愛して来たのは、それが純粋芸術ではなく、思想や倫理や歴史や政治を多分に混入した文学であるからだ。現代ロシア文学にせよ、それが面白く読めるのは、ソビエト・コミュニズムの悲喜劇というまさに現実的、歴史的な生の総体に絡みつかれているからだ。ソルジェニーツィンにせよ、グロスマンにせよ、チュコフスカヤにせよ、そうだし、もっと遥かなものに視線を向けるパステルナークやプリーシヴィンにせよ、そうだ。このことを白状しておけば、「ロシア文学と私」の関係は正体が暴露されたことになる。何だか肩がすっと軽くなった思いだ。

あとがき

どういうつもりだったのか私は、二〇一一年に十人ばかりの女性を相手に、永年のつきあいのある真宗寺という真宗大谷派のお寺で、西洋文学の話をする気を起こした。別にロシア文学に限っての計画ではなかったし、実際オースティンの『エマ』を取り上げたりもしたのだけれど、結局自分がなじんだロシア文学、それもほんの一部について語っただけで、例の悪い癖、何か始めてはすぐに辞めたくなる病気が起こって、また時を置いて再開しますなどと、いい加減な約束をして中絶し、結局再開することなく終った。

話の記録は『道標』という仲間と出している季刊誌に発表したが、文藝春秋社の西泰志さんがそれに眼をとめられて、こういう本にしてくださることとなったのである。それだけでは分量が不足というので、長年気にかかっていた『巨匠とマルガリータ』について書きおろした。これが今年三月のことで、ひと月したら地震に見舞われた。

「ロシア文学と私」は西さんの求めで地震直後に書いた。私はロシア文学研究者でも何でもないから、こういう言い訳が必要と西さんは考えられたのであろう。「参考図書」や「関連年表」をつけて下さったのも、その辺を考慮したご親切かと思う。御苦労を謝したい。

二〇一六年七月

著者識

参考図書

（編集部作成）

第1講　プーシキン『エヴゲーニイ・オネーギン』を読む
プーシキン、小澤政雄訳『完訳エヴゲーニイ・オネーギン』（群像社、一九九六年）
プーシキン、池田健太郎訳『オネーギン』（岩波文庫、二〇〇六年）
プーシキン、神西清訳『スペードの女王・ベールキン物語』（岩波文庫、二〇〇五年）
プーシキン、神西清訳『大尉の娘』（岩波文庫、二〇〇六年）
エリヤスベルク、宮下義信・小林英夫訳『ロシヤ文学史』（筑摩書房、一九四三年）
マーク・スローニム、池田健太郎・中村喜和訳『ソビエト文学史』（新潮社、一九七六年）
渡辺京二『黒船前夜――ロシア・アイヌ・日本の三国志』（洋泉社、二〇一〇年）
ネクラーソフ、谷耕平訳『デカブリストの妻――ロシヤの婦人』（岩波文庫、一九九一年）
サミュエル・リチャードソン、原田範行訳『パミラ、あるいは淑徳の報い』（「英国十八世紀文学叢書
第1巻　メロドラマ」研究社、二〇一一年）
ジャン＝ジャック・ルソー、安士正夫訳『新エロイーズ』（全四冊、岩波文庫、一九九七年）
ユーリー・ミハイロヴィチ・ロートマン、桑野隆・望月哲男・渡辺雅司訳『ロシア貴族』（筑摩書房、一九九七年）

ゲーテ、竹山道雄訳『若きウェルテルの悩み』（岩波文庫、一九七八年）
シャトーブリアン、畠中敏郎訳『アタラ・ルネ』（岩波文庫、一九八九年）
コンスタン、大塚幸男訳『アドルフ』（岩波文庫、一九六五年）
バイロン、笠原順路編『対訳 バイロン詩集』（「イギリス詩人選 8」岩波文庫、二〇〇九年）
P・クロポトキン、高杉一郎訳『ロシア文学の理想と現実』（上・下、岩波文庫、一九八四～八五年）
ドストエフスキー、小沼文彦訳『作家の日記』（全六巻、ちくま学芸文庫、一九九八年）
トルストイ、木村浩訳『アンナ・カレーニナ』（上・中・下、新潮文庫、二〇一二年）

第2講 ブーニン『暗い並木道』を読む

ブーニン、高山旭訳『アルセーニエフの青春』（河出書房新社、一九七五年）
イワン・アレクセーエヴィチ・ブーニン『ブーニン作品集 第4巻 アルセーニエフの生涯』（群像社、刊行予定）
プーシキン、神西清訳『大尉の娘』（岩波文庫、二〇〇六年）
ブーニン、望月哲男・利府佳名子・岩本和久・坂内知子訳『ブーニン作品集 第1巻 村／スホドール』（群像社、二〇一四年）
チェーホフ、松下裕訳『ともしび・谷間 他七篇』（岩波文庫、二〇〇九年）
ブーニン、原卓也訳『暗い並木道』（国際言語文化振興財団、一九九八年）――「暗い並木道」「パリで」「宿屋」「寒い秋」「聖月曜日」「芽生え」収録ブーニン、岩本和久・吉岡ゆき・橋本早苗・田辺佐保子・望月恒子・坂内知子訳『ブーニン作品集 第3巻 たゆたう春／夜』（群像社、二〇〇三年）——「ミーチャの恋」（吉岡ゆき訳）「日射病」（橋本早苗訳）「暗い並木道」（橋本早苗訳）「パリで」（橋本早苗訳）「寒い秋」（橋本早苗訳）「聖月曜日」（坂内知子訳）収録
プーシキン、神西清訳「駅長」（『スペードの女王・ベールキン物語』岩波文庫、二〇〇五年所収）
トルストイ、木村浩訳『復活』（上・下、新潮文庫、二〇〇四年）

第3講 チェーホフ『犬を連れた奥さん』を読む

ブーニン、岩本和久・吉岡ゆき・橋本早苗・田辺佐保子・望月恒子・坂内知子訳『ブーニン作品集 第3巻 たゆたう春／夜』（群像社、二〇〇三年）——「日射病」（橋本早苗訳）「ナタリー」（橋本早苗訳）収録
チェーホフ、神西清訳『可愛い女・犬を連れた奥さん 他一篇』（岩波文庫、二〇〇四年）
ブーニン、佐藤祥子・尾家順子・利府佳名子訳『ブーニン作品集 第5巻 呪われた日々／チェーホフのこと』（群像社、二〇〇三年）
ウラジーミル・ナボコフ、小笠原豊樹訳『ナボコフのロシア文学講義』（上・下、河出文庫、二〇一三年）
ウラジーミル・ナボコフ、若島正訳『ロリータ』（新潮文庫、二〇〇六年）
トルストイ、木村浩訳『アンナ・カレーニナ』（上・中・下、新潮文庫、二〇一二年）

チェーホフ、松下裕訳『六号病棟・退屈な話　他五篇』（岩波文庫、二〇〇九年）
レオ・シェストフ、河上徹太郎訳『虚無よりの創造　他二篇』（角川文庫、一九五二年）
レフ・シェストフ、近田友一訳『悲劇の哲学――ドストイェフスキーとニーチェ』（古典文庫18、現代思潮新社、一九六八年）
チェーホフ、松下裕訳『ともしび・谷間　他七篇』（岩波文庫、二〇〇九年）
チェーホフ、神西清訳『桜の園・三人姉妹』（新潮文庫、一九六七年）

第4講　プーシキン『大尉の娘』を読む

プーシキン、神西清訳『大尉の娘』（岩波文庫、二〇〇六年）
プーシキン、小澤政雄訳『完訳エヴゲーニイ・オネーギン』（群像社、一九九六年）
プーシキン、池田健太郎訳『オネーギン』（岩波文庫、二〇〇六年）
アンドレイ・シニャーフスキイ、島田陽訳『プーシキンとの散歩』（群像社、二〇〇一年）
ゴーゴリ、浦雅春訳『鼻／外套／査察官』（光文社古典新訳文庫、二〇〇六年）
ソルジェニーツィン、木村浩訳『イワン・デニーソヴィチの一日』（新潮文庫、二〇〇五年）
プーシキン、神西清訳『スペードの女王・ベールキン物語』（岩波文庫、二〇〇五年）
マリヴォー、進藤誠一訳『愛と偶然との戯れ』（岩波文庫、一九七七年）
トルストイ、工藤精一郎訳『戦争と平和』（全四巻、新潮文庫、二〇〇五～〇六年）
『プーシキン全集5』（河出書房新社、一九七三年）――「プガチョーフ叛乱史」（米川哲夫訳）収録

ゴーゴリ、原久一郎訳『隊長ブーリバ』（潮文学ライブラリー、二〇〇〇年）
ウォルター・スコット、佐藤猛郎訳『ウェイヴァリー――あるいは60年前の物語』（上・中・下、万葉新書、二〇一一年）
ウォルター・スコット、菊池武一訳『アイヴァンホー』（上・下、岩波文庫、一九六四年）
ウォルター・スコット、朱牟田夏雄訳『世界文学全集16　スコット　ケニルワースの城』（集英社、一九七九年）
チェーホフ、神西清訳『可愛い女・犬を連れた奥さん　他一篇』（岩波文庫、二〇〇四年）
メリメ、秋山晴夫訳『マテオ・ファルコーネ　他五編』（角川文庫、一九六〇年）

第5講　ブルガーコフ『巨匠とマルガリータ』を読む

ブルガーコフ、水野忠夫訳『巨匠とマルガリータ』（『世界の文学4』集英社、一九七七年、岩波文庫、上・下、二〇一五年）
ブルガーコフ、法木綾子訳『巨匠とマルガリータ』（上・下、群像社ライブラリー、二〇〇〇年）
ブルガーコフ、水野忠夫訳『悪魔物語・運命の卵』（岩波文庫、二〇〇三年）
ブルガーコフ、増本浩子／ヴァレリー・グレチュコ訳『犬の心臓・運命の卵』（新潮文庫、二〇一五年）
ブルガーコフ、中田甫・浅川彰三訳『白衛軍』（群像社、一九九三年）
渡辺京二『細部にやどる夢――私と西洋文学』（石風社、二〇一一年）
トルストイ、工藤精一郎訳『戦争と平和』（全四巻、新潮文庫、二〇〇五〜〇六年）

野崎韶夫編訳『ソビエト現代劇集』（白水社、一九八一年）――「逃亡」収録
沼沢洽治ほか訳『現代世界演劇　15　風俗劇』（白水社、一九七一年）――「イヴァーン・ヴァシーリエヴィチ」（川上洸訳）収録
江川卓・水野忠夫編『全集・現代世界文学の発見　1　革命の烽火』（学芸書林、一九六九年）――「トゥルビン家の日々」（安井侑子訳）収録
ブルガーコフ、秋月準也・大森雅子訳『ブルガーコフ戯曲集　1　ゾーヤ・ペーリツのアパート　赤紫の島』（日露演劇会議叢書、東洋書店、二〇一四年）
ブルガーコフ、大森雅子・佐藤貴之訳『ブルガーコフ戯曲集　2　アダムとイヴ　至福』（日露演劇会議叢書、東洋書店、二〇一四年）
フセヴォロド・サハロフ、川崎浹・久保木茂人訳『ブルガーコフ　作家の運命』（群像社、二〇〇一年）
ボリス・ワジモヴィチ・ソコロフ、齋藤紘一訳『スターリンと芸術家たち』（鳥影社、二〇〇七年）
ユリー・イェラーギン、遠藤慎吾訳『芸術家馴らし』（早川書房、一九五三年）
エドワード・ラジンスキー、工藤精一郎訳『赤いツァーリ――スターリン、封印された生涯』（上・下、日本放送出版協会、一九九六年）
ブルガーコフ、石原公道訳『アレクサンドル・プーシキン／バトゥーム』（群像社ライブラリー、二〇〇九年）
アンドレイ・シニャフスキー、沼野充義・平松潤奈・中野幸男・河尾基・奈倉有里訳『ソヴィエト文明の基礎』（みすず書房、二〇一三年）

ザミャーチン、川端香男里訳『われら』（岩波文庫、一九九二年）
ブルガーコフ、水野忠夫訳『20世紀のロシア小説　1　劇場』（白水社、一九七二年）

ロシア文学と私

トルストイ、工藤精一郎訳『戦争と平和』（全四巻、新潮文庫、二〇〇五〜〇六年）
ドストエフスキー、木村浩訳『貧しき人びと』（新潮文庫、二〇一三年）
ツルゲーネフ、米川正夫訳『初恋』（岩波文庫、一九六〇年）
ゲーテ、竹山道雄訳『若きウェルテルの悩み』（岩波文庫、一九七八年）
ヘルマン・ヘッセ、高橋健二訳『車輪の下』（新潮文庫、一九五一年）
ゲルツェン、金子幸彦訳『ロシヤにおける革命思想の発達について』（岩波文庫、二〇〇二年）
ドストエフスキー、小沼文彦訳『作家の日記』（全六巻、ちくま学芸文庫、一九九七〜九八年）

初出

＊第1講から第4講は、『道標』の連載を本書の底本としているが、いずれも熊本・真宗寺での講演が元になっている。

第1講　「プーシキン『エヴゲーニイ・オネーギン』を読む」
真宗寺・二〇一一年七月九日／『道標』二〇一二年春号（通巻三六号）に掲載。
第2講　「ブーニン『暗い並木道』を読む」
真宗寺・二〇一一年八月二七日／『道標』二〇一二年夏号（通巻三七号）に掲載。
第3講　「チェーホフ『犬を連れた奥さん』を読む」
真宗寺・二〇一一年九月一七日／『道標』二〇一二年秋号（通巻三八号）に掲載。
第4講　「プーシキン『大尉の娘』を読む」
真宗寺・二〇一一年一〇月二二日／『道標』二〇一二年冬号（通巻三九号）に掲載。
第5講　「ブルガーコフ『巨匠とマルガリータ』を読む」
書き下ろし
「ロシア文学と私」
書き下ろし

1939-45年 第二次世界大戦。
1940年 **ブルガーコフ**、モスクワにて死去。
1953年 スターリン、死去。
ブーニン、亡命先のパリで死去。
1956年 フルシチョフによるスターリン批判。
1962年 ソルジェニーツィン、『イワン・デニーソヴィチの一日』を発表。
1966年 **ブルガーコフ**、死後26年を経て『巨匠とマルガリータ』が発表される。
1991年 ソ連邦崩壊。

1892年　**チェーホフ**、『六号室』を発表。
1894年　ニコライ2世が即位。
1895年　**チェーホフ**、『サハリン島』を発表、戯曲『かもめ』を執筆。
1897年　**チェーホフ**、『百姓たち』を発表、戯曲『ワーニャ伯父さん』を発表。
1899年　**チェーホフ**、『可愛い女』『犬を連れた奥さん』を発表。
　トルストイ、『復活』を発表。
1900年　**チェーホフ**、戯曲『三人姉妹』を発表。
1903年　**チェーホフ**、『いいなずけ』を発表。戯曲『桜の園』を発表。
　ブーニン、詩集『落葉』などでプーシキン賞受賞。
1904年　**チェーホフ**、療養先の南ドイツの温泉地バーデンワイラーで死去。
1904-05年　日露戦争。
1910年　**ブーニン**、『村』を発表。
　トルストイ、ロシア南部アスターポヴォにて死去。
1914-18年　第一次世界大戦。
1915年　**ブーニン**、短篇集『サンフランシスコから来た紳士』を発表。
1917年　二月革命、十月革命。
1918-20年　ロシア内戦。
1920年　**ブーニン**、ロシア革命に伴い、フランスに亡命するが、以後、ロシア語で作品を書き続ける。
　ザミャーチン、『われら』を発表。
1921年　**ブルガーコフ**、モスクワに移住。
1922年　ソ連邦成立。
1925年　**ブーニン**、『ミーチャの恋』を発表。
　ブルガーコフ、『白衛軍』『悪魔物語』を発表。
1926年　**ブルガーコフ**、戯曲『トゥルビン家の日々』を発表。しかしその後、上演禁止に。
1929-38年　**ブルガーコフ**、『巨匠とマルガリータ』を執筆。
1930年　**ブーニン**、自伝的小説『アルセーニエフの生涯』を発表。
1933年　**ブーニン**、ノーベル文学賞を受賞。

表。短篇小説集『ベールキン物語』を執筆。
1832年　**プーシキン**、『エヴゲーニイ・オネーギン』の最終章を発表。
1833年　**プーシキン**、『プガチョーフ反乱史』を執筆。
1834年　**プーシキン**、『スペードの女王』を執筆。
1836年　**プーシキン**、『大尉の娘』を執筆。
ゴーゴリ、『監察官』を発表。
1837年　**プーシキン**、ペテルブルグ郊外のチョールナヤ・レチカで、近衛士官ジョルジュ・ダンテスと決闘し、2日後に死去。
1846年　ドストエフスキー、『貧しき人びと』を発表。
1849年　ドストエフスキー、政治犯として逮捕され、死刑を宣告されるが、処刑直前に減刑され、シベリア流刑となる。
1855年　アレクサンドル2世が即位。
1860年　**チェーホフ**、南ロシアの港町タガンログに生まれる。
1861年　農奴解放令発布。
1862年　ツルゲーネフ、『父と子』を発表。
1866年　ドストエフスキー、『罪と罰』を発表。
1869年　トルストイ、『戦争と平和』を完成。
1870年　**ブーニン**、中部ロシアのヴォローネジに生まれる。
1876年　**チェーホフ**、一家が破産。
1879年　**チェーホフ**、モスクワ大学医学部入学。ユーモア雑誌や新聞に短篇、コントを寄稿し、生計を立てる。
1880年　ドストエフスキー、『カラマーゾフの兄弟』を完成。
1881年　**ブーニン**、エレツのギムナジウムに入学するが、3年後に途中退学。
ドストエフスキー、ペテルブルグで死去。
1883年　ツルゲーネフ、フランス・ブージヴァルで死去。
1884年　**チェーホフ**、モスクワ大学卒業。
1887年　**ブーニン**、詩人ナドソンの追悼詩「ナドソンの墓前で」を発表。
1888年　**チェーホフ**、『たそがれに』でプーシキン賞受賞。
1890年　**チェーホフ**、シベリアを横断してサハリン島に滞在。
1891年　**ブルガーコフ**、ウクライナの首都キエフに生まれる。

関連年表

（編集部作成）

1799年　**プーシキン**、モスクワの貴族の家系に生まれる。
1801年　アレクサンドル1世が即位。
1805年　ナポレオンとの戦争。
1811年　**プーシキン**、ペテルブルグ郊外ツァールスコエ・セロー（現・プーシキン）の貴族学校リツェイに入学。
1812年　祖国戦争（ナポレオン軍のモスクワ侵入と敗退）。
1817年　**プーシキン**、リツェイを卒業。
1818年　ツルゲーネフ、ロシア中部オリョールに生まれる。
1820年　**プーシキン**、長篇詩『ルスラーンとリュドミーラ』を発表。
1820-23年　**プーシキン**、政府の追放により、キシニョフに滞在。この間、コーカサス、クリミアへ旅行。
1821年　ドストエフスキー、モスクワに生まれる。
1823年　**プーシキン**、オデッサに移住。
1824年　**プーシキン**、再び政府と衝突し、北ロシアのミハイロフスコエ村に追放。
1825年　デカブリストの反乱。
ニコライ1世が即位。
プーシキン、『エヴゲーニイ・オネーギン』第1章を発表。
1826年　**プーシキン**、皇帝ニコライ1世への嘆願が認められ、モスクワに戻るが、デカブリストの反乱に関連して政府の監視下に置かれる。『エヴゲーニイ・オネーギン』第2章を発表。
1827年　**プーシキン**、『エヴゲーニイ・オネーギン』第3章を発表。
1828年　**プーシキン**、『エヴゲーニイ・オネーギン』第4～6章を発表。
トルストイ、モスクワの南、トゥーラ県ヤースナヤ・ポリャーナに生まれる。
1830年　**プーシキン**、『エヴゲーニイ・オネーギン』第7章を発

渡辺京二（わたなべ　きょうじ）

1930年京都生まれ。大連一中、旧制第五高等学校文科を経て、法政大学社会学部卒業。評論家。河合文化教育研究所主任研究員。熊本市在住。著書に『逝きし世の面影』『評伝 宮崎滔天』『渡辺京二評論集成』（全4巻）『北一輝』『黒船前夜』『江戸という幻景』『アーリイモダンの夢』『未踏の野を過ぎて』『もうひとつのこの世 石牟礼道子の宇宙』『近代の呪い』『幻影の明治』『無名の人生』『気になる人』『さらば、政治よ　旅の仲間へ』など。

文春学藝ライブラリー

雑30

私《わたし》のロシア文学《ぶんがく》

2016年（平成28年）8月20日　第1刷発行

著　者　　渡　辺　京　二

発行者　　飯　窪　成　幸

発行所　株式会社　文　藝　春　秋

〒102-8008　東京都千代田区紀尾井町3-23

電話（03）3265-1211（代表）

定価はカバーに表示してあります。

落丁、乱丁本は小社製作部宛にお送りください。送料小社負担でお取替え致します。

印刷・製本　光邦

Printed in Japan

ISBN978-4-16-813026-7

文春学藝ライブラリー

（　）内は解説者。品切の節はご容赦下さい。

内藤湖南
支那論
博識の漢学者にして、優れたジャーナリストであった内藤湖南。辛亥革命以後の混迷に中国の本質を見抜き、当時、大ベストセラーとなった近代日本最高の中国論。（與那覇潤）

磯田道史
近世大名家臣団の社会構造
江戸時代の武士は一枚岩ではない。膨大な史料を分析し、身分内格差、結婚、養子縁組、相続など、藩に仕える武士の実像に迫る。磯田史学の精髄にして、『武士の家計簿』の姉妹篇。

楊海英
モンゴルとイスラーム的中国
『墓標なき草原』で司馬遼太郎賞を受賞した著者が、一方的な開発と漢民族同化強制に揺れる中国西北部（ウイグル人、モンゴル人などの混在地域）を踏査した学際的ルポ。（池内恵）

宮本又次
関西と関東
風土、災害、食物、服飾、芸能、方言、気質などをキーワードに、歴史と日常を横断しながら比較する「関西／関東論」の決定版！（井上章一）

野田宣雄
ヒトラーの時代
戦後世界を規定した第二次世界大戦。「連合国＝善玉」「枢軸国＝悪玉」という二分法では理解できない戦争の真実と、二十世紀最悪の独裁者の実像に迫る。

勝田龍夫
重臣たちの昭和史（上下）
元老・西園寺公望の側近だった原田熊雄。その女婿だった著者だけが知りえた貴重な証言等を基に、昭和史の奥の院を描き出す。「昭和史ブーム」に先駆けた歴史ドキュメント！

文春学藝ライブラリー

（　）内は解説者。品切の節はご容赦下さい。

中西輝政
アメリカ外交の魂　帝国の理念と本能

超大国への道を辿った米国の20世紀の外交・歴史を回顧。中国が台頭する中、米国外交の魂がどこを彷徨っているのかを問い質す。国際政治学の第一人者による記念碑的労作。

原武史
完本　皇居前広場

明治時代にできた皇居前広場は天皇、左翼勢力、占領軍によって、それぞれの目的のために使われた。定点観測で見えてくる日本の近代。（御厨貴）

橋川文三
西郷隆盛紀行

「欧米とアジア」「文明と土着」といった相反する価値観に引き裂かれた近代日本。その矛盾を一身に背負った西郷隆盛という謎に迫る。（中野剛志）

江藤淳
近代以前

日本文学の特性とは何か？　藤原惺窩、林羅山、近松門左衛門、井原西鶴、上田秋成などの江戸文藝に沈潜し、外来の文藝・思想の波に洗われてきた日本の伝統の核心に迫る。（内田樹）

福田恆存（浜崎洋介編）
保守とは何か

「保守派はその態度によつて人を納得させるべきであつて、イデオロギーによつて承服させるべきではない」――オリジナル編集による、最良の「福田恆存入門」。（浜崎洋介）

福田恆存（浜崎洋介編）
国家とは何か

文学と政治の峻別を説いた文学者の福田恆存は、政治や国家をどう論じたのか？　俗物論から朴正熙論まで、「個人なき国家論」への批判は今こそ読むに値する。（浜崎洋介）

文春学藝ライブラリー

（　）内は解説者。品切の節はご容赦下さい。

わが萬葉集
保田與重郎

萬葉集が息づく奈良県桜井で育った著者が歌に吹きこまれた魂の追体験へと誘い、萬葉集に詠みこまれた時代精神と土地の記憶を味わいながら、それに遺された幸せを記す。（片山杜秀）

「小さきもの」の思想
柳田国男（柄谷行人編）

『遊動論　柳田国男と山人』（文春新書）で画期的な柳田論を展開した思想家が、そのエッセンスを一冊に凝縮。柳田が生涯追求した問題とは何か？　各章に解題をそえたオリジナル文庫版。

ルネサンス　経験の条件
岡崎乾二郎

サンタ・マリア大聖堂を設計したブルネレスキ、ブランカッチ礼拝堂の壁画を描いたマサッチオの天才の分析を通して、芸術の可能性と使命を探求した記念碑的著作。（斎藤環）

天皇論　象徴天皇制度と日本の来歴
坂本多加雄

偏狭なナショナリズムではなく、戦前と戦後という断絶を、納得して受け止めるに十分な「国家と国民」の物語。保守論壇の巨星が遺した『象徴天皇制度と日本の来歴』を改題、文庫化。

ロゴスとイデア
田中美知太郎

「現実」「未来」「過去」「時間」「ロゴス」「イデア」といったギリシャ哲学の根本概念の発生と変遷を丹念に辿った、「人間とは何か」を生涯考え続けた「日本のソクラテス」の記念碑的著作。

文春学藝ライブラリー

（　）内は解説者。品切の節はご容赦下さい。

中島岳志
ナショナリズムと宗教
インドで大きな政治的勢力となったヒンドゥー・ナショナリズムとは？　イスラムを敵視し、激しい暴力に走る、その内在論理に肉迫する。フィールドワークによる政治学はここまで到達した！

西部邁
大衆への反逆
田中角栄論、オルテガ論などを収めた、著者の原点を示す評論集が待望の復刊。「大衆化した保守主義」までを容赦なく斬る。現代保守論壇の重鎮による初期代表作。

文藝春秋編
常識の立場
俗論に流されず、貫き通した持論とは。小泉信三、田中美知太郎、大宅壮一から福田和也、石原慎太郎まで、碩学十三人が「文藝春秋」誌上で一石を投じた「常識」の集大成！

文藝春秋編
天才・菊池寛
逸話でつづる作家の素顔

小林秀雄、舟橋聖一、井伏鱒二など縁の深い作家や親族が織り上げる、「本邦初のプロデューサー」菊池寛の様々な素顔。生誕百二十五年を記念して「幻の書」が復刊！　（坪内祐三）

ジョン・メイナード・ケインズ（松川周二編訳）
デフレ不況をいかに克服するか
ケインズ1930年代評論集

デフレ不況、失業、財政赤字、保護貿易など、今日にも通じる問題に取り組み、果敢に政策を提言した1930年代のケインズ。今日なお示唆に富む諸論稿を初邦訳。　（松川周二）

文春学藝ライブラリー

（　）内は解説者。品切の節はご容赦下さい。

日本文化会議編
西欧の正義 日本の正義
国際化の進行は、異文化間の衝突を招く。古代ギリシアから二十世紀の東西冷戦時代まで、価値観、倫理規範、法意識などの観点から「正義」のあり方について検討する記念碑的討論！

E・G・ヴァイニング（小泉一郎訳）
皇太子の窓
戦後まもなく、当時の皇太子（現在の天皇）の英語家庭教師となったヴァイニング夫人が、ともに過ごした日々を瑞々しく綴った回想録。敗戦後の日本の風景も浮かび上がる。（保阪正康）

新渡戸稲造
世渡りの道
『武士道』の著者にして国際的教育者だった新渡戸稲造が書いたベストセラー。人生の意味とは何か、何のために働くのか。万人が抱く問いに時を越えて熱く答える。（寺島実郎）

夢野久作
近世快人伝
頭山満から父杉山茂丸まで
頭山満、杉山茂丸、奈良原到といった玄洋社の猛者たちの破天荒な人生を描いた痛快な人物評伝。奇人、怪人、豪傑たちがユーモア溢れる筆致でいきいきと動き出す。（寺田英視）

Ch・ド・ゴール（小野繁訳）
剣の刃
「現代フランスの父」ド・ゴール。厭戦気分、疑似平和主義が蔓延する時代風潮に抗して、政治家や軍人に求められる資質、理想の組織像を果敢に説いた歴史的名著。（福田和也）